전생부터 가족

바일간 007

신지영 연작소설   전생부터
가족

서유재

차례

완벽한
가족

담임이 나를 쳐다본다. 무슨 좋은 일이라도 있는 것처럼 눈썹이 웃고 있었다. 또 무슨 말을 하려고 저러는 거지? 뒤로 돌아선 담임이 칠판에 커다랗게 글씨를 쓰기 시작했다.

안도연 여성가족부 장관상 수상

아이들이 들썩거렸다.

"얘들아. 도연이가 이번에 모범 청소년 장관상을 받게 됐다. 그동안 소외 계층을 찾아다니며 꾸준히 봉사 활동 한 걸 인정받았다. 의미 있는 상이니만큼 모두들 진심으로 축하해 주자. 자, 박수!"

부러움이 가득한 눈빛이 쏟아지고 박수 소리가 따라왔다. 재연이가 뒤를 돌아보더니 나에게 속삭였다.

"장관상이면 수시에도 도움이 되지?"

여우 같은 계집애다. 꼭 이런 것부터 확인한다.

"그런가?"

가볍게 웃으며 어깨를 으쓱해 보였다.

"휴, 나 같은 애야 평생 봉사만 한다 해도 장관상은 못 받겠지? 어디 글짓기 대회라도 나가서 잡템이라도 주워 먹어 봐야겠다. 그런데 넌 하루에도 학원을 세 개나 다니면서 봉사할 시간이 어디 있었어?"

살짝 비꼬는 말투로 이죽거리던 재연이가 다시 등을 돌려 앞을 바라보았다. 나는 피식 속으로 웃었다. 재연이 말이 맞다. 내가 봉사할 시간이 어디 있어. 엄마 아빠 얼굴 보기도 힘든데.

"도연이는 잠깐 교무실로 와라. 시상식 장소랑 몇 가지 알려 줄 사항이 있으니까."

"네."

나는 애써 밝게 대답했다. 담임을 뒤따라 나가는 나를 보며 반 아이들이 축하한다고 한마디씩 인사를 건넸다.

교무실 의자에 앉은 담임이 내 손을 꼭 쥐었다. 말투와는 정반대인 차갑고 건조한 손이 내 손등을 감쌌다.

"도연아, 선생님은 정말 기쁘다. 교장 선생님도 이번에 꼭 시상식에 참석하신다고 하더라. 아까 교실 들어가기 전에 부모님한테는 먼저 전화 드렸어. 어머님이 좋아하시더라. 요즘도 계속 바쁘시지? 시상식에 오시면 학교에서도 영광일 텐데……."

담임은 내 눈치를 보며 조심스럽게 이야기를 꺼냈다.

"네. 두 분 다 너무 바쁘셔서 저도 얼굴 보기 힘들어요. 그래도 선생님 말씀은 꼭 전할게요."

내 손을 잡은 담임의 손에 힘이 들어갔다. 담임의 얼굴이 환해지더니 웃음을 감추지 못했다.

"그래, 꼭 좀 전해 주렴. 사실 선생님도 도연이 부모님 팬이다. 두 분 다 워낙 훌륭하시니까. 우리 사회에 없으면 안 될 분들이잖아. 도연이 덕분에 텔레비전에서뿐만 아니라 실제로도 뵙게 되면 너무 좋겠다."

담임의 말이 끝나자마자 교무실에 있던 다른 선생님들이 모여들기 시작했다. 다들 환하게 웃으며 축하의 말을 건넸다. 나는 억지로 입꼬리를 끌어 올리며 감사하다고 연신 고개를 꾸벅거렸다. 이 모든 축하는 나에게 하는 축하가 아니란 걸 잘 안다. 전부 우리 엄마 아빠한테 하는 인사다. 웃기는 학교, 웃기는 선생님들이다. 재연이의 그 이죽거리던 표정이 차라리 더 편안하다. 기억이 시작될 때부터 항상 비슷했던 거 같다. 주변의 모든 사람들이 내 눈치를 살피며 나에게 호감을 보였다. 모두들 나를 보고 있지만 실은 아무도 나를 보고 있지 않다. 나를 통해 우리 엄마 아빠를 보고 있을 뿐이었다. 지긋지긋한 걸 넘어서 이젠 무감각해지는 중이다. 교무실을 나서는데 그늘 한 점 없는 운동장이 눈에 들어왔다. 뭐든지 다 바싹 말려 버릴 거 같은 게 나와 비슷하단 생각이 들었다. 봉사로 받는 상이라니, 코웃음이 나왔다.

학원을 마치고 들어와 집 현관문을 열었을 때는 이미 밤 열한 시가 넘은 시간이었다. 웬일인지 거실에 불이 환하게 켜져 있었다. 소파에 그 여자와 그 남자가 나란히 앉아 있었다. 이게 얼마 만에 보는 얼굴들이야.

"여기 와서 좀 앉아 봐."

그 여자가 손짓을 했다. 나는 대답 대신 조용히 소파에 앉았다.

"네 엄마한테 얘기 들었다. 장관상 받게 됐다면서. 장관 딸이 장관상 받는 게 뭐 대단한 일이라고."

그 남자가 헛기침을 했다.

"당신이야 문화체육관광부에 있고 도연이가 받는 건 여성가족부 상이잖아요. 당신 박 장관하고 요즘 좀 데면데면했는데 이번에 도연이 상 받을 때 같이 가서 분위기 좀 풀어 봐요."

"흠, 그럼 전화나 한 통 넣어 볼까."

둘은 언제나처럼 내 얘기로 시작해 자신들의 이야기로 빠졌다. 나는 시큰둥하게 앉아 있다 가방을 들고 일어났다.

"피곤해요."

둘은 건조한 표정으로 한마디씩 했다.

"너 때문에 일찍 들어왔는데 아무리 피곤해도 그렇지 몇 분도 안 앉아 있니? 네 봉사 활동 건수 올리느라 엄마가 얼마나 신경 썼는데."

"내버려 둬요. 얼른 들어가서 쉬어라. 시상식 날 보자. 아빠는 내일부터 해외 순방 일정이 있구나."

나는 가볍게 고개를 끄덕이고 방으로 들어갔다. 조금 있자 거실에서 불 꺼지는 소리가 났다. 언제나처럼 집 안이 고요해졌다. 컴퓨터를 켜고 헤드폰을 꼈다. 귓속으로 쟁쟁거리는 기타 소리가 흘러들었다. 언제부터 우리 집은 이렇게 조용해졌을까? 초등학교 때만 하더라도 집 안에 남아나는 게 없을 만큼 깨고 부수고 시끄러웠는데. 금방이라도 헤어질 것처럼 서로 욕을 하던 사람들이었다. 침대에 누워 이불을 뒤집어쓰고 울며 잠들던 때가 어제 같다. 정말 신기한 점은 할 말 못 할 말 서로 퍼부으면서 절대 헤어지지 않는 거였다. 항상 그게 의문이었는데 중학교 1학년 때쯤에야 이유를 알게 되었다. 둘은 다정한 모습으로 질리도록 텔레비전에 얼굴을 비추더니 그 다정하고 좋은 이미지로 온 국민의 셀럽이 되었다. 그리고 얼마 후 그 남자는 장관이, 그 여자는 대학의 학장이 되었다. 이제 둘은 집 안에서 싸우지 않는다. 대신 서로 말도 하지 않는다. 꼭 필요한 일이 있을 때만 다정한 얼굴이 된다. 오늘처럼. 나도 그게 편하다. 그 여자 그 남자에게 기대하는 건 없다. 어차피 우리는 껍데기만 가족이니까. 속은 이미 남남이다. 대학만 들어가면 이 거지 같은 집에서 나갈 거다. 아마도 그 둘은 텔레비전에 나와 내 독립마저 미담으로 만들어 떠들어 대겠지. 독립심 강한 딸이 부모의 도움 없이 스스로 삶을 개척하는 모습이 감동적이라고 할지도 모르겠다. 뭐 어떻게 떠들어 대건 상관없다.

새벽 일찍 일어나 조용히 씻고 집을 나섰다. 괜히 둘을 깨워서 얼굴까지 보고 싶지 않았다. 아침부터 마주치면 내 기분만 상하니까. 학교에 도착해 교실 문을 열려는데 유리창 안으로 태준이가 엎드려 있는 게 보였다. 이른 시간이라 내가 제일 먼저 왔다고 생각했는데 의외였다. 자고 있는 거면 깨우고 싶지 않았다. 얼마 전에 진이와 태준이가 크게 싸울 때 태준이 엄마가 집을 나간 사실을 알게 됐다. 아빠도 없이 둘만 산다고 하던데 엄마마저 자기를 버리고 가출하면 기분이 어떨까? 나 같으면 싫지 않을 것 같다. 태준이는 활발하고 붙임성이 좋다. 나와도 편하게 얘기를 하는 편이지만 지금은 왠지 서먹했다. 이렇게 아침 일찍부터 피곤한 얼굴로 서로 마주 보고 할 얘기란 게 그리 많지 않았다. 조심스럽게 교실 문을 여는데 태준이가 벌떡 일어나 나를 쳐다보더니 멋쩍은지 말을 건넸다.

"일찍 왔네?"

"넌 나보다 더 일찍 왔잖아."

내 대답에 태준이가 뭔가 허탈한 얼굴로 헛웃음을 지었다.

"그러게. 내가 제일 일찍 왔지. 집이 너무 추워, 아, 아니다. 그런데 도연이 너 장관상 받는다 그러지 않았나? 집에서 엄마가 좋아했겠다."

나는 떨떠름한 얼굴로 가방을 내려놓았다.

"뭐, 싫어하지는 않더라."

"무슨 말이 그래, 너희 엄마 텔레비전에서 보니까 정말 멋지더라. 우리 엄마 같은 사람보다야 백배는 마음도 좋아 보이던데."

태준이 말에 웃음이 나오는 걸 억지로 참았다.

"그럼 너희 엄마랑 바꿀까?"

태준이가 놀라서 나를 쳐다보았다.

"너 우리 엄마 가출한 거 알고서 하는 소리야?"

"진이랑 그렇게 대판 싸웠는데 우리 반에 모르는 사람 없지 않나? 아마 지금쯤이면 전교생이 다 알걸. 그건 그렇고 너 성민이 패거리랑 다닌다는 소문 있던데, 그건 좀 아니지 않니?"

태준이는 고개를 크게 저으며 눈썹을 찡그렸다.

"걱정 마. 이제 같이 안 다녀. 근데 넌 우리 엄마가 가출한 걸 알면서도 어떻게 바꾸자는 소리를 하냐. 아무리 농담이라도 너무 심하다."

난 정색을 하며 고개를 흔들었다.

"농담 아니야."

태준이가 알 수 없다는 듯 고개를 갸웃거리다 잠시 나를 뚫어지게 쳐다보았다.

"그럼 나도 농담하면 안 되겠네. 그래도 엄만데 어떻게 다른 사람이랑 바꾸겠냐. 그냥 이번 생은 나를 버린 엄마에서 만족하기로 했다."

진지하게 대답하는 태준이를 보니 괜히 심술이 나서 비꼬고 싶어졌다.

"어이구, 효자 나셨네. 너희 엄마가 이 얘기 들으면 감동해서 다시 집에 오고 싶겠다."

좀 심했나 싶어 금방 후회했는데 태준이는 기분도 나쁘지 않은지 다시 책상에 엎드리며 나른하게 눈을 감았다.

"그러게, 지금이라도 다시 오면 대환영인데, 우리 철없는 엄마는 내 속도 모르겠지."

뭔가 포기한 것 같으면서도 기대하는 말투였다. 그 말을 듣는데 울컥 뜨거운 게 마음에서 움직였다. 바보 같은 태준이. 그깟 엄마, 나 같으면 먼저 버리겠다. 부모가 뭐라고, 낳아 준 게 뭐라고, 그런 건 아무런 의미도 없다. 오히려 남보다 못한 부모도 많다. 내 부모처럼. 네 부모처럼. 조금 있으니 아이들이 들어오기 시작했다. 교실이 다 차고 선생님이 조례를 하고 나갈 때까지 태준이는 엎드린 채 몸을 일으키지 않았다. 그냥 자는 걸까? 엄마 생각을 하는 걸까? 이 지루한 교실에서 넌 나보다 더 지루해 보이는구나. 수업이 물 흐르듯 흘러갔다. 어떤 선생님도 태준이를 일으켜 세우지 않았다. 태준이가 일어난 건 점심이 되어서였다. 배를 문지르며 급식실로 들어가는 태준이를 보고 있으니 이유를 알 수 없는 쓴웃음이 나왔다.

16

'하루 종일 왜 쟤를 쳐다보고 있는 거지? 관심 끊자.'

대충 급식을 먹는 둥 마는 둥 하고 학교 도서관으로 갔다. 제일 구석에 있는 서가에 기대 휴대전화를 열어 단톡방으로 들어갔다.

전생부터 가족

언제 보아도 반가운 방 이름이 제일 위에 떠올랐다. 나도 모르게 입꼬리가 올라갔다. 얼른 클릭해 방으로 입장했다.

전생부터 아빠 울 딸 점심시간?

전생부터 딸 응, 아빠는?

전생부터 아빠 아빠도 방금 전에 일어났어. 밥 먹으려고.

전생부터 엄마 어휴, 당신 또 밤샜어? 그러다 건강 상한다니까!

전생부터 딸 엄마 말이 맞아! 아빠 자꾸 그러면 이 딸은 속상해서 눈물이 뚝뚝!

전생부터 아빠 허허허, 내 생각 해 주는 건 그래도 울 가족밖에 없네. 알았어. 이제부터 무리하지 않고 잠도 일찍 잘게. 그런데 울 아들은 뭐 하나?

전생부터 아들	난 지금 일본! 가게에 물건 채워 넣어야 해서 오늘 새벽같이 오사카에 왔어.
전생부터 엄마	울 아들 하여튼 능력자라니까. 아무리 바빠도 밥은 꼭 먹고 다니기다.
전생부터 아빠	아무렴. 밥 먹자고 하는 일인데. 오사카에서 제일 맛있는 거 사 먹어라.
전생부터 아들	걱정 마시라! 안 그래도 유명한 돈카츠 집에 가서 배부르게 먹었어. 그럼 난 바빠서 이만.
전생부터 딸	오빠가 매일 바쁘니까 난 바쁘다는 말도 못 한다니까. 나도 곧 입시생인 건 다들 알지? 이제부터 막 바쁠 거야!
전생부터 엄마	아무렴요! 내년부터 나라에서 제일 바쁘다는 수험생인거 알지. 언제나 말하지만 네가 좋아하면 하고, 억지로는 뭐든 하지 마. 몸 상하면 엄마 속상해서 눈물이 뚝뚝!
전생부터 아빠	나도 네 엄마 말에 백 퍼센트 동감! 우리 딸 좋아하는 공부만 해. 요즘 일류대 나온다고 좋은 데 취직하는 것도 아니고, 뭐든지 자신이 행복한 게 제일 좋은 거야. 무리하지 말기다.
전생부터 딸	그럼 난 울 가족만 믿고 펑펑 놀아 볼까!
전생부터 아빠	그것도 좋지!

전생부터 엄마	울 딸 마음대로!
전생부터 딸	둘 다 고마워. 나 이제 수업 시작할 거 같으니 이만. 이따 봐요.

단톡방을 나와 교실로 향했다. 어젯밤부터 우울했던 마음이 확 개는 것 같았다. '전생부터 가족'이 없었으면 난 어땠을까? 아마 끔찍했겠지. 올해 초였다. 호기심으로 역할극 커뮤니티에 들어갔다. 안에는 별별 역할극 방이 많았다. 거의 게임을 배경으로 하는 역할극들이었다. 그 많은 방들 중에 '전생부터 가족'이란 이름이 눈에 들어왔다. 마음에 끌려 들어가 보니 '전생부터 가족'은 방장이던 '전생부터 아빠'가 만들고 있는 게임이 배경이라고 했다. 거기서 만난 우리들은 바로 의기투합했다. 그러고 나서야 알았다. 내가 이렇게 밝고 농담도 잘하는 재미난 아이란 걸. 우리는 힘들 때는 서로 위로해 주고, 기쁜 일은 서로 박수 쳐 주며 매일매일 틈날 때마다 가족놀이를 하고 있다. 언제부터인지 나에게 진짜 가족은 '전생부터 가족'이 되었다. 남한테 보이기 위해 헤어지지도 못하고 억지로 함께 사는 내 친부모보다 훨씬 가족 같다.

중간고사가 끝났다. 족집게 학원을 다녀도 별 소용이 없는지

전과 비슷하게 본 것 같다. 교육부 장관이 자기 딸 선행 학습에, 학원에, 돈을 얼마나 퍼붓는지 안다면 아마 나라 안의 모든 학부모들은 자괴감에 빠질 거다. 그것도 부족한지 요즘은 자꾸 논술 대회니, 효행 청소년이니 하면서 생활 기록부를 채워 넣으려 한다. 다행히 이 지긋지긋한 광대 노릇도 다음 주까지는 쉴 수 있다. 쉬는 말이 더 빨리 뛸 수 있다는 그 여자와 그 남자의 철학 덕분이다. 나는 학교 정문을 나서자마자 전화기를 꺼내 '전생부터 가족' 방에 들어갔다.

전생부터 딸	드디어 시험 끝!
전생부터 아빠	오! 우리 딸 고생했어.
전생부터 엄마	그럼 이제 우리 가족 최초의 상봉식만 남은 건가!
전생부터 아들	그렇다고 볼 수 있지!! 다들 날짜는 잊지 않았지?
전생부터 딸	다 함께 감자탕 먹기 꼭 하는 거다!
전생부터 아빠	아이고, 알았다!
전생부터 엄마	우리 딸은 감자탕 특대로 시켜 줄게!
전생부터 아들	내 특별히 동생 건 뺏어 먹지 않도록 하지.

집에 오니 아무도 없었다. 도우미 아줌마는 마트에 간 것 같

왔다. 가방을 내려놓는데 벌써부터 마음이 설레기 시작했다. 중간고사가 끝나기를 얼마나 기대했는지 모른다. 시험 보기 며칠 전이었다. 과외를 끝내니 새벽이었다. 단톡방에 들어가 '잘 자'라는 인사를 남겼는데 모두들 안 자고 있었는지 글들이 올라왔다. 새벽이라 그런지 서로 보고 싶다는 말들이 나오기 시작했고 지켜만 보고 있던 '전생부터 아빠'가 조심스럽게 오프라인에서 만나자고 운을 뗐다. 모두들 기다렸다는 듯 반가워하더니 내 시험이 끝나는 주에 만나자고 약속까지 정해 버렸다. 드디어 '전생부터 가족'을 만난다고 생각하니 들떠서 아무것도 손에 잡히지 않았다. 솔직히 그동안 얼마나 만나 보고 싶었는지 모른다. 온라인에서 만난 사람들이라 오프라인까지 함께하자는 게 조심스러워서 아무 말도 꺼내지 못했는데 '전생부터 아빠'가 먼저 말해 줘서 고맙기까지 했다. 장을 열어서 옷을 쭉 훑어보았다. 뭘 입고 가지? 너무 튀지 않으면서 귀여워 보이고 싶은데. 옷걸이에 걸린 민트색 원피스를 꺼내 몸에 대보았다. 거울에 비치는 모습이 나쁘지 않았다. 그래 이걸로 입자. 여기에 흰색 샌들을 신어야지. 내 가족들은 어떤 모습일까? 아빠와 엄마, 그리고 오빠의 모습을 상상해 보았다. 내가 항상 그리던 다정하고 소박한 사람들이었으면 좋겠다.

이틀 동안은 아무것도 손에 잡히지 않았다. 그저 다이어리를 열고 오늘 날짜만 보고 또 봤다. 아침 일찍 일어나 씻고 정성껏 드라이를 했다. 미리 꺼내 놓았던 원피스를 입고 분홍빛이 도는 투명한 틴트를 바른 다음 입술을 두드려 문질렀다. 거울 속에 있는 내가 조금 낯설어 보였지만 싫지 않았다. 현관문을 열고 밖으로 나가는데 세상이 달라 보였다. 집들 사이의 그늘까지도 환해 보였다. 약속 장소에 가기 전 옷가게에 들렀다. 미리 주문해 뒀던 박스 세 개가 나란히 쌓여서 기다리고 있었다. 쇼핑백에 박스들을 담고 택시를 타고 약속 장소인 명동으로 향했다. 명동 거리는 주말이라 그런지 사람들로 가득 차 있었다. 중국 대사관을 지나 좁은 골목으로 들어서자 '부자 감자탕'이란 커다란 간판이 보였다. 가족들과 감자탕을 먹고 싶다는 내 말에 '전생부터 엄마'가 검색까지 하면서 찾아 예약한 곳이었다. 나는 간판 아래서 크게 숨을 내쉬고는 유리문을 열었다. 가게는 사람으로 가득 차 북적거렸다. 이 낯선 얼굴들 중에서 누가 내 가족이지? 가게 안을 쭉 둘러보는데 안쪽에서 머리가 긴 여자가 반가운 얼굴로 걸어 나왔다. 얼굴이 둥글고 눈이 가늘어서 마치 일본 가면극에 나오는 가면을 쓴 것 같기도 했다.

"전생부터 딸?"

친근한 말투였다. 나는 고개를 끄덕이며 웃어 보였다.

"세상에나! 이렇게 예뻤어? 아빠랑 오빠가 보면 놀라겠다! 신발 벗고 올라와, 얼른!"

"제가 제일 늦게 왔나 봐요. 죄송해요."

나는 미안한 마음에 얼른 샌들을 벗었다. 엄마는 고개를 저으며 내가 벗어 놓은 샌들을 들어 신발장에 넣어 주었다.

"제가 해도 되는데……."

"무슨 소리야. 이런 건 엄마가 해 주는 거야."

첨 듣는 이야기였다. 우리 엄마는 한 번도 내가 벗은 신발을 신발장에 넣어 준 적이 없다. 그런 건 항상 도우미 아줌마를 시켰다. 엄마란 이렇게 자상한 사람인가? 전생부터 엄마는 나를 보고 미소를 짓더니 내 손을 꼭 잡고 안쪽 자리로 데리고 갔다. 잡은 손에서 따뜻한 온기가 전해졌다.

"자, 여기 보세요. 마지막 우리 가족이 왔어요."

엄마의 말에 자리에 앉아 있던 두 사람이 일어났다.

"전생에 보고는 첨 보는 건가!"

굵은 저음의 목소리였다. 딱 봐도 '전생부터 아빠'였다.

"반가워. 내가 네 하나밖에 없는 오빠다!"

가벼운 목소리가 듣는 사람까지 기분 좋게 했다. 이 사람이 오빠구나. 어깨가 넓고 키가 큰 사람이었다. 나는 허리를 굽혀 크게 인사를 했다.

"제일 막내가 제일 늦어서 죄송해요."

"원래 주인공은 마지막에 오는 거야. 얼른 앉아!"

"맞아. 우리 가족의 핵심은 우리 딸이지."

다들 반갑게 웃으며 맞아 주었다. 나는 무릎을 모아서 접고 자리에 앉았다. 다들 생각했던 것보다 더 밝고 다정했다.

"딸이 꼭 가족과 함께 감자탕이 먹고 싶다 그래서 이렇게 오긴 했는데, 다음에는 더 좋은 거 먹으러 가자."

아빠가 국자를 든 채 웃었다.

"맞아! 처음 보는 자리에서 돼지 뼈 들고 뜯는 건 그림이 안 좋다고! 다음엔 칼질 좀 합시다."

오빠가 아빠의 말을 거들고 나섰다.

"전 너무 좋아요. 가족과 함께 꼭 한번 먹어 보고 싶었어요."

엄마가 놀란 얼굴로 나를 쳐다보았다.

"설마 한 번도 가족끼리 감자탕을 먹은 적이 없어?"

나는 고개를 살짝 숙이며 눈빛을 피했다.

"네. 두 분 다 바쁘시고 감자탕도 안 좋아하세요."

엄마가 안됐다는 듯이 내 머리를 쓰다듬어 주었다.

"걱정 마, 이제부터는 질리도록 같이 모여서 감자탕 먹자."

아빠와 오빠도 엄마의 말에 고개를 끄덕거렸다.

"그래, 그럼. 앞으로는 감자탕도 먹고 칼질도 하자!"

마음이 뭉클했다. 시끄러운 가게 안에서 감자탕이 끓는 탁자에 둘러앉아 시시한 농담을 하면서 웃는 거. 이런 게 가족이구나. 너무 좋았다.

"다 끓었다. 제일 큰 덩어리는 우리 딸 줘야지."

엄마가 그릇에 감자랑 뼈를 담아 제일 먼저 내 앞에 주었다.

"남기지 말고 다 먹기다! 남기면 벌금 오십 원!"

오빠의 말에 가족들이 다 웃음을 터트렸다.

"네! 뼈까지 아작아작 먹어 보도록 하겠습니다!"

나도 장난스럽게 웃으며 대답했다.

"뼈까지 먹다가 이라도 깨지면 배보다 배꼽이니까 그건 참아 줘!"

아빠의 말에 다시 한번 모두들 웃음이 터졌다. 웃음과 농담이 섞인 말들 속에서 우리는 빠르게 감자탕 냄비를 비웠다. 후식으로 수정과가 나올 때였다. 난 조심스럽게 쇼핑백을 열어 잘 포장된 상자들을 꺼냈다.

"제가 준비한 거예요."

"이게 뭐야?"

아빠가 물었다.

"상자 주제에 나보다 잘 차려입었네."

오빠는 이리저리 살펴보더니 매끈하게 묶인 리본을 만지작
거렸다.

"별거 아니에요. 그냥 저도 가족들이랑 같은 옷 한번 맞춰
입어 보고 싶어서요. 패밀리룩요. 프리 사이즈라 편하게 입으
시면 돼요."

다들 조금 놀라는 눈치였다. 잠시 흐르던 침묵을 엄마가 먼
저 깼다.

"태어나서 커플룩도 한번 못 입어 봤는데 우리 딸 덕분에 패
밀리룩이란 걸 다 입게 생겼네. 어디 한번 뜯어볼까."

귀엽다는 듯 엄마가 내 볼을 살짝 잡아당겼다.

"난 일단 디자인 보고 입을지 말지 정하겠어. 내 이 멋진 몸
매에 어울리길 바랄게."

오빠가 상자를 열며 나를 쳐다보고 눈을 찡끗했다.

"학생이 돈이 어디 있다고 이런 걸 몇 벌씩이나 사."

아빠가 걱정스럽게 입을 뗐다.

"비, 비싼 거 아니에요. 전에 친구네 가족이 입고 찍은 사진

을 봤는데 너무 좋아 보여서 저도 꼭 해 보고 싶었거든요. 마음에 들지 않으면 그냥 안 입으셔도 돼요."

머뭇거리며 미안해하는 나에게 다들 고개를 저어 댔다. 풀어진 박스에서 흰 티들이 나왔다.

"깔끔하니 좋네. 다음에는 아예 이거 입고 모일까?"

아빠가 티를 들고 흔들었다.

"좋아요! 다음엔 놀이공원 어때요?"

오빠가 거들고 나섰다.

"뭐 나쁠 거 없죠. 그럼 지금 날짜를 잡아 버립시다."

엄마가 마무리를 짓자 약속이 이 주 뒤로 후다닥 잡혀 버렸다. 가족이 단체 티셔츠를 입고 놀이공원이라니! 꿈같은 이야기였다. 이렇게 좋은 일이 연달아 일어나다니. 믿어지지 않았다.

학교도 학원도 집도 나에게는 더 이상 지루한 공간이 아니었다. '전생부터 가족'을 만나기 위해 기다리는 공간이 되었다. 기다린다는 것은 설렘이 가득한 일이다. 오랜만에 일찍 눈이 떠졌다. 어젯밤에 풀다 만 수학도 다시 풀 겸 씻자마자 아침도 거르고 학교로 향했다. 교실 문을 열고 들어가는데 익숙한 풍경이 눈에 들어왔다. 똑같은 자리에 똑같은 포즈로 태준이가 엎드려 있었다. 쟤는 도대체 왜 이렇게 학교를 일찍 오는 거지?

어차피 공부도 안 하면서. 태준이가 내가 들어오는 소리에 몸을 일으켰다. 태준이의 품에서 무언가 부스럭거리는 소리가 들렸다. 감았던 팔을 푸니 그 안에서 고양이 한 마리가 툭 튀어나왔다. 아직 작은 아기였다.

"야! 웬 고양이야?"

놀라서 묻는 내 말에 태준이가 고양이를 안고 머리를 쓰다듬으며 웃었다.

"얼마 전부터 같이 살게 됐는데, 어제부터 나만 없으면 울어대서 어쩔 수 없이 학교에 데리고 왔어."

나는 바쁜 걸음으로 태준이 옆에 다가갔다.

"아무리 그래도 이따가 어떻게 하려고?"

"나도 모르겠어. 어떡하지?"

대책 없이 웃는 얼굴로 고양이만 껴안고 있는 태준이를 보니 한숨부터 나왔다. 순간 사서 선생님이 생각났다. 점심시간마다 도서관에 들르는 덕분에 학교에서 그나마 제일 친한 사람이 사서 선생님이었다.

"어휴, 너도 참 답 없다. 일단 사서 선생님한테 부탁해 보자. 선생님 오늘 서고 정리한다고 일찍 온다고 하셨거든."

나는 태준이와 고양이를 데리고 도서관으로 향했다. 긴 복도의 유리창에서 맑은 빛이 쏟아져 들어오고 있었다. 나를 쳐다보는 태준이의 얼굴에도 환한 빛이 일렁였다. 태준이가 나를 보더니 뜬금없이 웃어 보였다.

"너 좀 변한 거 같다."

"내가?"

무슨 말인가 싶어 빤히 쳐다보았다. 고양이가 태준이 품에서 작은 입을 힘껏 벌리며 하품을 하고 있었다.

"응, 너 원래 좀 차갑잖아. 남이야 어떻게 되건 신경 안 쓰고. 그런데 나 같은 문제아 일까지 신경 써 주는 게 너무 낯설어서. 나 실은 전에 나랑 진이랑 싸울 때 너 보고 놀랐었다. 그때 책상 엎어지고 난리가 났잖아. 다른 애들은 다 모여들어서 우릴 구경하거나 뜯어말리는데 그 틈으로 네가 보이더라고. 그래도 너와는 다른 애들보다 편하게 지낸다고 생각했거든. 그래서 싸움이라도 말리지 않을까 했는데, 무표정하게 책 읽고 있더라. 솔직히 그때 난 좀 무서웠어."

맞다. 그러고 보니 그런 일이 있었다. 태준이 정도면 다른 애들보다는 친하게 잘 지내는 편이었는데도 모른 척했다. 아니 관심이 없었다. 그런 싸움은 어릴 때 너무나 자주 보던 풍경이었다. 너무 뻔해서 지겨웠다. 그저 시끄러워서 귀를 막고 싶었을 뿐이었다. 아니, 싸움이 아니라도 난 다른 애들 일에 상관하는 게 귀찮았다. 아주 간단한 친절이야 얼마든지 베풀 수 있었지만 감정을 쏟고 신경을 쓰는 일까지 하고 싶지 않았다. 그런데 내가 왜 이러지? 이것도 다 '전생부터 가족' 효과일까? 배시시 웃음이 나왔다.

"나한테 무슨 일이 생겼나 보지."

태준이가 모르겠다는 얼굴로 눈을 깜박였다. 맑고 커다란 눈이다. 눈썹 그림자가 길게 뺨으로 드리웠다. 태준이는 눈이 참 예쁜 애였구나.

"무슨 소리야?"

"무슨 소리긴, 말 그대로야."

태준이는 내 말에 더 알 수 없다는 얼굴을 하더니 고양이를 들어 올려 배에다 얼굴을 가져다 댔다.

"봄아, 이 오빠가 머리가 나쁜가 보다. 저 머리 좋은 언니가 하는 말이 무슨 말인지 하나도 못 알아먹겠다."

고양이가 야옹거리며 발로 장난스럽게 태준이를 밀어 냈다. 내가 픽 웃자 태준이도 따라 웃었다.

"하여튼 그게 무슨 일인지 모르지만 보기 좋아. 어쩌면 넌 원래 이렇게 따뜻한 사람이었던 거 아닐까?"

싫지 않은 소리였다. 찬 것보다야 따뜻한 게 좋지. 복도를 돌아가자 도서관 간판이 눈에 들어왔다. 사정 이야기를 들은 사서 선생님은 기분 좋게 고양이를 맡아 주었다. 봄이는 떨어지지 않으려 몇 번 캉캉거리더니 곧 사서 선생님 품에 안겨 기분 좋게 잠들었다. 태준이는 교실로 돌아오며 나한테 몇 번이나 고맙다고 인사를 했다. 곧 수업이 시작됐다. 태준이가 다시 엎드려 잠을 자기 시작했다. 언제 보아도 불편한 자세다. 엄마도 없이 뭘 먹고 살까? 고양이는 뭘 먹이지? 진이랑은 화해한 것 같던데……. 아니, 지금 내가 무슨 생각을 하는 거야. 나는 자세를 바로 세우고 교과서를 폈다. 하지만 수업이 귀에 잘 들어오지 않았다. 학교가 끝나고 집으로 가는데 자꾸 아까 그 고양이가 생각났다. 봄이라고 했나? 코가 홍건한 게 감기 같던데 태준이 갠 아무리 봐도 자기 밥 사 먹을 돈도 없어 보였다. 집에 가는 길에 있는 펫숍 앞을 계속 서성이다가 문을 열고 들어갔다. 고양이 사료와 장난감, 사료 그릇 같은 것들을 몇 개 고르니 커다란 봉지가 금세 가득 찼다. 들고 집으로 오는데 황당해서 웃음이 나왔다. 아무래도 태준이 말처럼 내가 변하긴 했나 보다.

다음 날은 일부러 일찍 일어나 학교로 향했다. 교실 문을 열고 들어가자 아니나 다를까 태준이가 엎드려 있었다. 나는 멀뚱멀뚱 쳐다보는 태준이에게 커다란 봉투를 안겼다.

"이게 뭐야."

태준이가 놀라서 물었다.

"봄이 사료랑 필요할 거 몇 가지 샀어. 고맙다는 말은 하지 마. 어제 들은 걸로 앞으로 일 년은 안 들어도 충분하니까."

좋아할 줄 알았던 태준이는 봉지를 열어 하나씩 들춰 보더니 얼굴이 복잡해 보였다.

"네가 왜? 내가 그렇게 불쌍해 보……, 아, 아니다. 지금 내가 자존심 부릴 때가 아니지. 잘 쓸게. 그리고 나중에 꼭 갚을게."

생각지 못했던 일이었다. 괜히 미안한 마음이 들었다. 하긴 같은 반 애한테 이런 걸 받으면 자존심이 상할 것도 같다.

"이거 선물이야. 너 말고 봄이한테 주는 선물. 그러니까 갚을 필요 없어."

태준이가 미안한 얼굴이 되었다.

"미안. 내 생각만 했네. 네가 봄이랑 나 생각해서 일부러 준비했을 텐데. 그런데 정말 무슨 일이 생긴 거냐? 사람이 어떻게 이렇게 달라져?"

태준이는 아무래도 믿기지 않는다는 듯 고개를 갸웃거렸다. 난 그런 태준이를 가만히 바라보았다. 봄이는 엄마 대신이겠지? 혼자서는 외로우니까 봄이라도 키우는 걸 거야. 자기를 버린 엄마라도 그리운 걸까? 나는 대답 대신 다른 걸 물었다.

"태준이 넌 엄마가 없어서 슬프니?"

"뜬금없이 우리 엄마는 왜 물어."

태준이가 얼굴을 찌푸렸다.

"난 너희 엄마 집 나간 거 알았을 때 네가 조금 부러웠어. 나도 혼자였으면 좋겠다고 생각했거든."

태준이의 얼굴이 더 찌푸려졌다.

"그게 뭔 소리야? 너희 부모님은 세상이 다 아는 훌륭한 사람들이잖아. 뭐가 아쉬워서 그런 소리를 하냐?"

나는 고개를 저었다.

"네 말대로 세상은 우리 엄마 아빠가 좋은 사람인 줄 알지. 그런데 둘 다 나한테 아무런 관심도 애정도 없어. 그냥 남 보기 좋은 딸이 필요할 뿐이야. 나한테는 세상에서 제일 필요 없는 사람들이야."

"야! 아무리 그래도 말이 좀 심하다. 어쨌든 넌 돈 없이 사는 게 뭔지는 모르잖아. 나 같으면 그것만으로도 충분하겠다. 그런데 그게 네가 달라진 이유랑 무슨 상관인데?"

태준이는 조금 기분 나쁜 표정을 지었다가 모르겠다는 듯 물었다.

"응. 상관없지. 그런 부모 밑에서 차갑고 냉정한 내가 만들어졌다는 거만 빼고 말이야. 그런데 저번에 네 말을 듣고 알았어. 나라는 애도 따뜻한 가족이 있으면 달라진다는 걸 말이야."

"그럼 네 말은 네 부모님이 달라졌다는 거야?"

"우리 엄마 아빠가 달라질 일은 앞으로도 없을걸."

"그게 무슨 소리야? 무슨 말인지 하나도 모르겠다."

"말 그대로야. 나한테도 따뜻한 가족이 생겼다는 얘기야. 너한테 봄이가 생긴 것처럼."

"너도 고양이 키워?"

태준이 말에 웃음이 터져 나왔다.

"넌 왜 이렇게 단순하니."

"어휴, 난 모르겠다. 네가 좋아 보여서 좋긴 한데……."

말끝을 흐리는 태준이를 보며 난 걱정 말라는 듯 웃어 보였다.

'전생부터 가족' 덕분에 처음으로 알게 된 것들이 많아졌다. 기다리는 게 얼마나 즐거운 일인지, 사람이 얼마나 순식간에 바뀔 수 있는지, 가족이 왜 중요한지도 알게 됐다. 그리고 거기에 또 한 가지가 추가됐다. 하루가 얼마나 짧을 수 있는지도 오늘에서야 알게 됐다. 아침 일찍 놀이공원에서 '전생부터 가족'과 만나 하루 종일 붙어 다녔다. 함께 롤러코스터도 타고 회전목마도 타고 돗자리를 펴고 밥도 먹었다. 전생부터 엄마가 싸온 도시락에는 김밥과 유부초밥이 가득 차 있었다. 배부르게 먹고 해가 지도록 웃고 떠들었다. 헤어져서 집으로 돌아오는데 마음이 뻥 뚫린 것 같았다. 얼른 또 함께 모여서 놀고 싶었다. 우리는 그 후로도 한 달에 두 번은 만나서 영화도 보고 찜질방도 가며 함께 시간을 보냈다. 전생부터 아빠도 엄마도 오빠도 친가족보다 더 잘해 주었다. 내가 하는 말에 귀 기울여 주고 나를 위해 웃어 주었다.

여름 방학 때는 제부도도 함께 다녀왔다. 모두 둘러앉아 땀을 뻘뻘 흘리며 조개구이를 까먹었다. 노을이 번지는 바닷가도 함께 걸었다. 모든 게 나한테는 처음이었다. 그래서 더 생생했다. 짧은 여름 방학이 끝나고 2학기가 시작되었다. 전생부터 가족과 두어 번 더 만나니 아침 날씨가 쌀쌀해졌다. 학원이 끝나고 집에 가는데 반팔 아래로 드러난 팔뚝이 서늘했다. 아무래도 내일부터는 카디건을 하나 챙겨야겠다고 생각하는데 메시지가 울렸다. 전생부터 오빠였다. 그런데 개인톡이었다.

전생부터 오빠	귀여운 내 동생 뭐 해?
전생부터 동생	학원 끝나고 집에 가는 중!
전생부터 오빠	동생 내일 시간 있어?
전생부터 동생	학교 끝나고 학원 가야 하는데?
전생부터 오빠	그럼 지금 이 시간쯤이면 학원 끝나려나?
전생부터 동생	그렇지. 근데 왜?
전생부터 오빠	하나밖에 없는 내 동생하고 꼭 할 얘기가 있어서 그래. 그럼 내가 내일 끝나는 시간에 맞춰서 학원 앞으로 갈게. 잠깐 시간 좀 내줄 수 있어?
전생부터 동생	당연하지. 하나밖에 없는 오빠 부탁인데. 무슨 얘길지 너무 궁금하다.
전생부터 오빠	기대해도 좋아. 너한테도 좋은 얘길 거야. 전에 네가 말하던 그 학원이지?
전생부터 동생	응! 기대할게. 내일 봐.

오빠가 무슨 일이지? 연애 상담이라도 하려고 하나? 궁금한 마음에 침대에 들어가서도 잠이 잘 오지 않았다.

학원이 끝나자마자 계단을 뛰다시피 내려왔다. 학원 앞이 아이들로 북적였다. 학원 버스가 줄줄이 늘어서서 아이들을 태우고 있었다. 나는 기사 아저씨에게 따로 가겠다고 말한 뒤 주변을 두리번거렸다.

"도연아!"

돌아보니 횡단보도 한쪽 편에 오빠가 서 있었다. 후드티에 스냅백을 눌러쓴 모습이 고등학생처럼 어리게 보였다.

"오빠, 많이 기다렸어?"

오빠가 웃으며 고개를 저었다.

"아니야. 얼마 안 기다렸어. 너 배고프겠다. 뭐 먹고 싶은 거 있어?"

나는 잠시 고민하는 척하다가 길 건너를 가리켰다.

"피자 먹자. 저기 엄청 맛있어."

"그래. 얼른 들어가자."

자리를 잡고 주문을 하자 잠시 후 불고기 피자가 나왔다. 오빠와 나는 치즈가 쭉쭉 늘어지는 피자를 몇 쪽씩 먹고는 레모네이드를 마셨다.

"이제 배도 부르니 오빠 얘기를 좀 들어 볼까?"

씩 웃는 내 말에 오빠가 잠시 긴장한 듯 모자 매무새를 잡았다.

"무슨 얘긴데 이렇게 뜸을 들여."

궁금한 마음에 오빠를 재촉하자 그제야 레모네이드를 들이 켠 오빠가 입을 열었다.

"내년이면 너 고3 되잖아. 그러면 공부도 해야 하고, 아무래 도 그전에 얘기해야 할 것 같아서 그러는데, 도연아 나 어떻게 생각해?"

오빠가 얼굴을 붉히며 조심스럽게 내 눈치를 살폈다.

"엥? 어떻게 생각하긴, 세상에 하나뿐인 내 오빠지."

웃는 나를 보며 오빠 표정이 조금 굳어졌다.

"아니, 진짜 나를 어떻게 생각하냐고!"

"진짜 오빠라고 생각한다니까!"

왜 자꾸 같은 말을 묻는 거지? 답답해서 나도 모르게 소리치 듯 대답했다. 오빠도 답답한지 레모네이드를 벌컥벌컥 연달아 마셨다.

"오빠 말고 남자친구로 어떠냐고."

놀라서 들고 있던 잔을 떨어뜨릴 뻔했다. 남자친구라니, 이 게 무슨 소리지? 나는 애써 숨을 골랐다.

"오빠 우리는 가족이잖아. 그것도 전생부터."

오빠가 황당한 얼굴로 나를 쳐다보았다.

"야, 친가족도 아니고 그냥 장난으로 하는 건데, 여기서 그 얘기가 왜 나와?"

실망스러웠다. 긴장 때문에 어깨에 들어갔던 힘이 빠지는 게 느껴졌다.

"나는 장난 아니었어. 정말 가족으로 생각했단 말이야. 어떻게 나한테 그런 얘길 해?"

"말이 되니? 우리 아빠도 엄마도 말짱하게 잘 계시는데 내가 왜 엄마 아빠를 또 만들어. 난 그냥 장난스럽게 게임하듯이 '전생부터 가족' 놀이를 한 거야. 그리고 솔직히 밥 먹으러 처음 나간 것도 네가 궁금해서였어. 보고 나서는 마음에 들어서 더 열심히 가족놀이를 한 거고. 정말 가족으로 생각하는 건 좀 오버 아니야?"

오빠는 이해가 안 간다는 얼굴로 이야기했다. 손끝에 쥐가 나는 것 같았다. 식은땀이 이마에 송송 맺히기 시작했다. 침착하자. 침착하자.

"오빠한테는 말이 안 될지 몰라도 난 진심으로 그랬어. 그래서 오빠를 남자친구로 생각하지도 않고 생각할 수도 없어."

오빠가 믿기 싫은 얼굴로 입술을 질끈 물었다.

"혹시 너 나이 때문에 그러니? 지금 네가 고등학생이라서 다섯 살 차이가 크게 느껴지는 거야. 나중에 대학 가면 그 정도 나이 차이는 아무것도 아니야."

내 눈 앞에 있는 이 사람은 내가 하는 말은 듣고 있지 않은 건가? 자꾸 왜 자기 하고 싶은 말만 하지? 아무래도 분명히 해야 할 것 같았다.

"아니, 그게 아니라, 난 정말로 오빠한테 조금도 그런 생각이 없어. 앞으로도 그럴 거야."

오빠의 얼굴이 실망으로 일그러졌다. 입술이 파르르 떨리더니 애써 생각을 하려는 듯 아무 말이 없었다. 나는 문득 내가 왜 여기 앉아 있는지 이해할 수 없었다. 내 앞의 이 사람은 더 이상 나의 오빠가 아니다. 나는 오빠가 아닌 이 사람에게 관심이 없었다.

"너무 늦은 거 같아. 일어날게."

주섬주섬 가방을 챙겨 일어나는 날 보더니 전생부터 오빠였던 사람도 따라 일어났다

"그래, 너무 늦었다. 일단 나가자. 그리고 자꾸 나를 오빠로만 생각하지 말고 내가 한 말 집에 가서 잘 생각해 봐. 시선을 조금만 바꿔도 모든 게 달라지는 거야."

헤어져서 집에 오는데 너무 화가 났다. 내가 이때까지 오빠

라고 생각했던 사람에게 했던 말들이 부끄러웠다. 상대편은 나를 전혀 동생으로 생각하지도 않는데 나 혼자서 쇼를 한 건가? 이 사람은 나뿐만이 아니라 '전생부터 가족' 모두를 속인 거라는 생각이 들었다. 어떡하지, 전생부터 아빠, 엄마에게 말해야 하나? 머릿속이 복잡했다.

며칠이 지났다. '전생부터 가족' 단톡방에서 전생부터 오빠의 말이 사라졌다. 전생부터 아빠랑 엄마는 이유를 몰라서 걱정이 많았다. 전화도 안 받는다고 했다. 나한테 있었던 일을 이야기할까 말까 고민했지만 괜히 문제를 복잡하게 만들고 싶지 않았다. 그냥 전생부터 아빠와 엄마의 걱정만 듣고 있었다. 그러다가 다시 며칠이 지났다. 그사이에 전생부터 오빠에게 메시지가 왔다. 내용은 전에 나한테 말한 것과 비슷했다. 나는 단호하게 절대 관심이 없다고 답을 했다. 그날 저녁이었다. 전생부터 오빠는 개인적인 일로 전생부터 가족 활동을 못하게 됐다면서 단톡방에서 나갔다. 아빠와 엄마 둘 다 너무 서운해했다. 사정 이야기를 할까 몇 번을 고민했지만 결국 아무 말도 안 했다. 이야기를 꺼내는 순간 내가 생각했던 가족이 다 깨져 버릴 것 같았다. 전생부터 아빠와 엄마라도 지키고 싶었다.

전생부터 아빠	속상해도 어떻게 하겠어.
전생부터 엄마	그래 맞아. 남은 우리라도 잘 지내야지. 그런 의미로 이번 주말에 맛있는 거나 먹으러 갈까?
전생부터 딸	응! 좋아! 삼청동에 맛있는 스테이크집 있는데 거기 가자!
전생부터 아빠	그럼 오랜만에 가족 외식이다.
전생부터 엄마	밥 먹고 삼청동 구경도 하자!
전생부터 딸	좋아!

시간까지 정하고 단톡방을 나오는데 마음이 가벼워졌다. 하긴 생각해 보면 원래 난 외동딸이니까 오빠가 없어도 나쁠 건 없었다. 오빠였던 사람이 나가도 가족이 단단히 연결돼 있는 것 같아서 다행이란 마음뿐이었다. 문득 전생부터 아빠와 엄마가 너무 고맙다는 생각이 들었다. 둘에게 뭔가 선물을 하고 싶었다. 저번엔 내 욕심대로 단체티를 샀지만 이번에는 아빠와 엄마 입장에서 필요한 게 어떤 걸까 생각해 보았다. 선물을 포장해 약속 장소로 가는데 주말이라 그런지 삼청동은 사람으로 가득했다. 바람이 머리카락을 마구 헝크는데도 우리가 첨 만날 때처럼 마음이 설렜다. 가게에 들어서자 창가 자리에 앉은 엄마 아빠가 보였다.

"내가 준 주소대로 잘 찾아왔네."

난 반갑게 웃으며 의자를 빼서 앉았다.

"그런데 딸 여기 좀 이상해."

"뭐가?"

난 장난스럽게 웃으며 물었다.

"가게에 테이블이 이거 하나밖에 없어."

아빠도 엄마 말에 고개를 끄덕였다.

"처음엔 들어와서 놀랐어. 가게는 이렇게 근사하게 인테리어를 해 놓고 테이블은 달랑 하나라니."

"그래서 두 분 다 고민했구나. 걱정 마세요. 여기 레스토랑 맞아요. 내가 일부러 여기 골랐어. 원 테이블 레스토랑이라고 손님을 한 팀만 예약으로 받아. 여기 진짜 예약하기 힘든 곳이에요."

내 말에 엄마가 살짝 걱정스러운 얼굴이 되었다.

"에구머니, 그러면 엄청 비싼 곳 아닌가?"

옆에 있던 아빠가 잠시 고민하더니 결심한 듯 테이블을 치며 허허 웃었다.

"우리도 가끔 비싼 것도 먹어 보고 하는 거지, 뭐! 오늘은 아빠가 한턱 쏠 테니 걱정 붙잡아 둬!"

아빠 말에 아차 싶었다. 내가 너무 나 편하게만 생각했구나. 그 남자 그 여자가 나에게 정은 안 줬어도 돈은 넘치도록 주었기에 다른 입장은 생각하지도 못했다. 나는 얼른 눈치껏 끼어들었다.

"걱정 마! 오늘은 그냥 먹으면 돼! 내가 이벤트에 당첨되어서 온 거거든! 그러니까 돈은 낼 필요 없다는 말씀!"

그제야 엄마와 아빠의 표정이 환하게 풀어졌다. 나는 화장실 간다고 일어서서 주방에 있는 셰프에게 다가가 사정 이야기를 하고 살짝 카드를 내밀어 계산을 했다. 자리로 돌아와 이런저런 얘기를 하는데 음식이 나오기 시작했다. 언제나처럼 보기도 좋고 맛도 좋은 코스였다.

"세상에 우리 딸 덕분에 이런 맛있는 것도 먹어 보네."

엄마가 감탄을 하며 고기를 썰어 입에 넣었다.

"육질이 끝내주네. 입에서 살살 녹아."

아빠도 만족스러운 듯 미소를 지었다. 디저트로 딸기 생크림 타르트가 나온 후, 나는 준비했던 선물을 꺼내 엄마 앞에 내밀었다. 둘 다 어리둥절한 표정이었다.

"이게 뭐야?"

나는 헛기침을 한번 하고는 둘을 쳐다보았다.

"뭐긴, 선물이지. 저번처럼 단체티 같은 거 아니니까 걱정 말고 풀어 봐요."

"뭘 자꾸 줘. 학생이 돈이 어디 있다고!"

엄마가 걱정스럽게 고개를 저었다.

"정말 비싼 거 아니야! 그냥 마음의 선물이니까 받아 줘!"

둘은 내 말에 마지못해 포장을 열더니 놀란 얼굴로 잠시 머뭇거렸다. 그러더니 곧 웃음이 가득한 얼굴로 나를 보았다.

"딸 엄마 화장품 떨어진 거 어떻게 알았어? 너무 고마워! 내가 아주 아껴서 쓸게!"

"그러게 말이야! 우리 딸이 마음을 읽는 능력을 가졌나! 이 아빠 구두가 다 닳아 구멍이 날 지경인 건 어떻게 알았대? 아빠도 잘 신을게!"

둘 다 진짜 기뻐하는 것 같아서 보는 나도 기뻤다.

"마음을 읽는 게 아니라 그만큼 엄마 아빠한테 애정이 많은 거지! 저번에 엄마가 화장품 떨어져 간다고 뭘 살까 고민했잖아. 아빠도 구두 바꿀 때 됐다고 이야기하고. 울 가족을 내가 얼마나 좋아하는데 그런 말을 흘려들을 리가 없지!"

내 말에 엄마 아빠가 웃음을 터트렸다. 레스토랑을 나와 삼청동을 걸으며 예쁜 가게들을 구경하고 해가 질 무렵에는 작은 찻집에 들어가 밤이 되도록 이야기를 나눴다. 헤어져서 집에 오는 시간이 벌써 열한 시가 다 되어 갔다. 대문 밖에서 보니 웬일인지 거실에 불이 켜져 있었다. 현관문을 열고 들어가니 그 여자가 소파에 앉아서 나를 차갑게 쳐다보고 있었다.

"어디 갔었어?"

"오랜만에 친구들 만났어."

나는 피곤한 얼굴로 대꾸했다.

"너 요즘 이상해! 성적도 자꾸 떨어지고. 친구도 없는 게 어딜 싸돌아다녀?"

"성적 떨어지는 것만 아는 줄 알았더니 친구 없는 것도 알아?"

비꼬듯 대꾸하는 내 말에 그 여자 얼굴이 점점 붉어졌다.

"그럼 명색이 엄만데 그것도 모를까 봐?"

그 여자가 짜증이 터지듯 말을 내던졌다.

"명색이 엄마라 모를 줄 알았지."

나도 지지 않고 덤비듯이 쏘아붙였다. 그 여자가 놀란 눈으로 날 쳐다보았다.

"너 왜 그래? 너 도대체 요즘 누구랑 어울려 다니는 거니? 이래서 대학 가겠어?"

심상치 않다는 듯 내 어깨를 잡고 흔들어 대는 여자의 손을 떼 내면서 소리쳤다.

"친구 없을 거라며! 뭐가 걱정이야! 언제부터 나한테 관심이 있었다고. 대학이야 얼마든지 보낼 수 있잖아. 그래서 장관상이든 뭐든 거지처럼 주워 먹게 하는 거 아냐!"

그 여자가 뒤로 주춤하더니 팔짱을 끼고 나를 노려보았다. 그러고는 숨을 고르더니 다시 소파에 앉았다.

"그래, 대학이야 정 안되면 유학이라도 보내면 되지. 그런데 다른 건 안 돼! 네 아빠 지금 아주 중요한 때야! 딸 하나 있는 게 문제 일으키면 곤란해진다고. 내가 왜 이 짜증나는 집구석에서 참고 있는데! 네가 딸이라도 부모 앞길 막으면 가만 안 둬!"

냉정한 말투였다. 그 여자다웠다. 더 이상 대꾸도 하고 싶지 않았다. 나는 홱 돌아서서 방문을 거칠게 열었다. 내 등 뒤에서 그 여자가 비아냥거리는 게 들렸다.

"무슨 일인가 했다. 다시 꿀 먹은 벙어리네. 하여간 저 음흉한 건 제 아빠랑 똑같으니까. 한 번씩 정이 다 뚝 떨어져!"

방문을 닫고 침대로 달려갔다. 얼마나 힘을 주고 있었던지 꼭 쥐었던 주먹을 펴니 손바닥이 하얗게 질려 있었다. 이불을 뒤집어쓰고 눈물을 뚝뚝 흘렸다. 소리가 새 나가지 않게 이를 악물었다. 그 여자가 내 울음소리를 듣게 하고 싶지 않았다.

　그 여자가 학원을 다 끊어 버렸다. 대한민국에서 제일 유명한 소수 정예라 들어가는 순간 명문대 합격은 따 놓았다던 그 학원에 나를 망치는 친구가 있다고 생각한 것 같다. 대신 이제는 집에서 과외를 받게 되었다. 사실 내 성적은 그렇게 대단할 게 못 된다. 교장부터 담임까지 내 눈치를 슬슬 보며 비위를 맞췄지만 성적까지 올리지는 못했다. 학교 아이들은 내가 공부를 굉장히 잘하는 줄 안다. 아마 내 점수를 안다면 코웃음을 치며 비웃을 것이다. 이대로라면 유학을 가게 되겠지. 전이었다면 그 여자와 그 남자가 안 보이는 곳으로 가는 것도 나쁘지 않았다. 하지만 이제는 사정이 다르다. 전생부터 아빠와 엄마가 있는 이곳에 있고 싶다. 그러려면 공부하는 흉내라도 내야겠지? 한동안 눈치껏 공부하는 시늉을 했다. 전생부터 엄마 아빠와는 틈날 때마다 단톡방에서 이야기를 했다. 어쨌든 몇 주 동안 말 잘 듣는 모습을 보이니 그 여자도 마음을 놓는 것 같았다. 나는 눈치껏 다시 전생부터 가족을 만나기 시작했다. 단풍 구경도 가고 맛집도 찾아다니다 보니 벌써 가을이 끝나 가고 있었다. 그리고 겨울이 시작되기 전 그 여자와 그 남자한테서 폭탄이 떨어졌다.

전생부터 딸	아! 정말 짜증 나! 어떡하지?
전생부터 아빠	우리 딸 왜 그래?
전생부터 딸	집에서 겨울 방학 때 미국 다녀오래.
전생부터 엄마	고3 올라가는데 공부를 더 해도 모자랄 판에 웬 미국?
전생부터 딸	그러니까 가라는 거지. 좋은 대학은 못 갈 거 같으니까 유학 준비 하라는 거야.
전생부터 아빠	허허. 내년 지나면 아빠랑 엄마만 남는 건가.
전생부터 엄마	서운해서 어떡하니? 미국을 쫓아갈 수도 없고.
전생부터 딸	가출해 버릴까 봐!
전생부터 아빠	그런 말 하면 못써. 부모님 들으면 서운해하신다.
전생부터 엄마	딸이 오죽하면 그러겠어! 엄마는 다 이해해!
전생부터 딸	나 정말 우리 가족하고 못 보는 거 싫어!

단톡방을 나온 후 침대에 드러누웠다. 뾰족한 수가 없었다. 정말 이번 기회에 가출, 아니 출가나 해 버릴까! 그 여자와 그 남자만 보다 그렇게 또 며칠이 지났을 때였다. 학교 끝나고 교문을 나서는데 개인 톡이 울렸다. 아빠였다.

| 전생부터 아빠 | 딸 지금 어디야? |

전생부터 딸	학교 끝나고 집에 가려고.
전생부터 아빠	그럼 한 삼십 분만 시간 낼 수 있어?
전생부터 딸	당연하지. 아빠 어딘데?
전생부터 아빠	너희 학교 근처야. 일 때문에 근처에 왔는데 딸 생각이 나서.
전생부터 딸	와! 잘됐다. 나 지금 교문이니까 학교 앞 빵집에서 봐요. 내가 지금 주소 보낼게.
전생부터 아빠	아, 크림치즈 케이크가 맛있다는 그 빵집 말이지. 알았어. 지금 바로 갈게.

빵집에 들어서니 창가 옆에 앉아 있던 아빠가 날 보고 반갑게 손을 흔들었다.

"와! 헤매지 않고 바로 찾았나 보네."

가방을 옆자리에 내려놓으며 웃었다.

"요즘엔 앱만 켜면 길은 바로 찾을 수 있어. 이래 봬도 이 아빠가 게임 개발잔데 이런 것쯤 문제도 아니지."

"맞다! 우리 아빠, 게임 개발자였지!"

하긴 별로 관심이 없어서 흘려들었지만 아빠는 틈날 때마다 지금 개발하고 있는 '전생부터 가족' 게임 이야기를 했다. 테이블을 보는데 나도 모르게 웃음이 지어졌다. 내가 좋아하는 라즈베리 크림치즈 케이크가 놓여 있었다.

"울 아빠 진짜 최고다. 좋아하는 케이크 얘기 딱 한 번 했는데 기억하고 있었네."

"원래 아빠가 컴퓨터잖아. 한 번 입력한 건 안 잊어 먹어. 그러니 어려운 게임 개발도 하는 거지."

나는 고개를 끄덕이며 박수를 쳤다.

"맞아! 게임 개발은 아무나 하나!"

"역시 날 알아주는 건 우리 딸밖에 없구나!"

아빠가 만족스러운 듯 따라서 고개를 끄덕였다. 그러고는 케이크를 잘라 내 앞에 놔 주었다. 포크를 들어 한입 떠먹으니 입 안에서 사르르 녹아내렸다. 나도 크게 잘라서 아빠 앞에 놔 주었다. 아빠도 기분 좋게 접시를 말끔히 비웠다. 아빠는 케이크를 먹는 내내 요즘 개발 중인 게임 이야기를 했다. 전생부터 가족과 만나면서 게임 캐릭터도 완성했다며 즐거워했다. 나는 게임은 잘 몰라서 그저 아빠가 하는 말을 열심히 들어 주기만 했다. 솔직히 미국 유학 때문에 머리가 아파서 아빠에게 조금은 투정부리고 싶은 마음도 있었는데 너무 진지하게 게임 얘기만 하니까 내 얘기는 꺼낼 엄두도 못 내었다. 한 시간쯤 지났을까. 아빠가 목이 마른지 주스를 들이켰다. 그러더니 뜬금없이 나를 쳐다보며 물었다.

"딸 그러니까 이번 겨울 방학에 미국 들어가는 거야?"

그래도 내 걱정을 해 주는구나 싶어서 고마운 생각이 들었다.

"이번에 들어가서 학교랑 기숙사 같은 거 알아볼 거 같아."

"그럼 언제부터 그쪽 학교를 다니는 거야?"

"아마 내년 봄쯤 되지 않을까 싶어. 나 정말 어떻게 하지?"

나는 금방 울 것 같은 얼굴로 아빠를 바라보았다. 그런데 아빠는 대답 대신 뭔가 잠시 고민하는 것처럼 보였다.

"아빠! 무슨 생각해?"

내가 답답해서 묻자 아빠는 그제야 나를 쳐다보았다. 그러고는 눈꼬리를 내리며 아주 조심스러운 얼굴로 내 눈치를 살폈다.

"딸이 미국 들어가기 전에 아빠가 정말 꼭 딸한테 하고 싶은 얘기가 있어."

꼭 하고 싶은 말? 나는 알 수 없는 표정으로 아빠를 쳐다보았다.

"무슨 얘기?"

"딸 진짜 아버지가 안철진 장관님 맞지?"

갑자기 바닥이 푹 꺼지는 느낌이었다. 어떻게 아빠가 그걸 알지? 너무 당황스러워서 식은땀이 주르륵 흘러내렸다.

"아, 아빠가 그, 그걸 어떻게 알아?"

놀란 나와는 달리 아빠의 눈매 끝이 다행이라는 듯 살짝 휘어졌다.

"그래, 맞구나. 확실하다고 생각은 했지만 그래도 네 입에서 들은 말은 아니라서, 아니면 어쩌나 싶어 조금 걱정했었어."

아빠가 지금 무슨 소릴 하는 거지? 그 남자가 내 친아빠인 게 왜 다행인 거야?

"그게 무슨 소리야?"

아빠가 허리를 세우며 자세를 바로잡더니 입을 열었다.

"사실 처음 '전생부터 가족' 역할극 방에서 딸 만났을 때부터 알고 있었어. 그때 딸 프로필이 어렸을 때 얼굴이었잖아. 그 사진 원래는 가족사진이지? 작년에 안철진 장관님 다큐멘터리에 나왔을 때 거실에 걸린 가족사진이 여러 번 클로즈업됐거든. 그때 딸이 입고 있던 옷이 장관님과 친한 디자이너가 특별히 만들어 준 세상에 한 벌밖에 없는 옷이라는 설명도 나왔어. 그게 기억에 남았나 봐."

아! 세상에 이럴 수가 있나? 그 다큐멘터리라면 기억이 생생하다. 그 가족사진은 거실에 걸 사진을 찾느라고 사진첩을 있는 대로 뒤져 겨우 찾은 딱 한 장이었다. 아직 내가 초등학교 1학년일 때, 아직 그 여자 그 남자가 서로를 바라보며 가끔은 웃을 때였다. 그 사진은 옷을 선물한 디자이너가 찍어 줬다. 사진 속에서 아직 행복했던 내가 철없이 웃고 있었다.

"난 딸을 이해할 수 없었어. 그렇게 행복하고 훌륭한 가정에서 왜 그렇게 힘들어하는지 너무 걱정이 됐어. 그래서 내가 할 수 있는 한 힘이 돼 주고 싶었지. 세상엔 정말 무서운 사람들이 많거든. 혹시라도 '전생부터 가족'에서 벗어나 다른 이상한 사람들과 어울릴까 봐 이 아빠가 걱정이 많았단다."

놀란 걸 넘어서 기분이 나빠지고 있었다. 행복하고 훌륭한 가정이라니? 이때까지 내가 한 말을 뭘로 들은 걸까?

"아빠가 보기엔 우리 집이 행복하고 훌륭해 보여? 가족끼리 외식 한번 한 적 없고, 언제나 바빠서 서로 얼굴 보기도 힘든데?"

아빠는 갑자기 표정을 바꾸더니 타이르듯 말했다.

"무슨 소리야. 안철진 장관님이 얼마나 바쁘신 분인데. 나라를 위해서 쉴 틈 없이 달리시잖아. 어머니도 마찬가지고. 대학 강의에, 사회 활동에 얼마나 대단하시니. 딸은 정말 축복받은 집에 태어난 거야! 딸이 지금 잠깐 사춘기라서 그런 거야. 조금 지나면 아마 알게 될 거야. 얼마나 행복한지."

이게 무슨 소리지? 이때까지 내가 알던 그 아빠 맞나?

"아빠가 어떻게 생각하든 그건 아빠 자유인데, 나한테까지 그렇게 생각하라고 하진 말아 줘."

황당한 걸 지나서 실망스럽기까지 했다. 세상 어디를 가도 나를 알아보는 사람이 있겠구나 싶어 섬뜩한 생각도 들었다. 난 설득하기도 귀찮아 힘없이 대꾸했다. 그런데 아빠가 갑자기 내 손을 잡았다.

"딸, 사실은 이 아빠가 오늘 꼭 하고 싶은 얘기가 있어서 왔어. 원래는 천천히 하려고 했는데 딸이 곧 미국을 간다니 마음이 바빠서 말이야."

아빠는 내 눈치를 보더니 다시 입을 열었다.

"사실 문체부에서 주관하는 게임 개발자 지원 사업이 있거든. 거기에 선정되면 정말 꿈에 그리던 지원을 받을 수가 있어. 지금 아빠가 개발하는 '전생부터 가족'은 조금만 도움을 받으면 크게 성공할 수밖에 없을 정도로 멋진 게임이야. 그러니까 정말 부탁인데 딸이 장관님에게 말 좀 해 줄 수 없을까? 장관님도 하나밖에 없는 딸의 얘기라며 아마 귀 기울여 들어 줄 거야. 나 정말 자신 있어. 우리가 남도 아니잖아. 게임 안에 우리가 그동안 만났던 이야기도 가득하다고! 그러니까 꼭 딸이 도 와줘야 해! 아빠 이번에 이 게임 성공 못 시키면 정말 길거리에 나앉을 거야!"

머릿속이 텅 비고 멍해졌다. 그런데 이상하게 눈에서는 눈물 이 뚝뚝 떨어졌다. 아빠는 그걸 보더니 깜짝 놀라 손수건을 꺼 내 주었다.

"왜 울어? 아빠가 너무 불쌍해서 그러는 거야? 걱정 마! 이 번에 지원 사업만 선정되면, 모든 게 다 해결되니까!"

나는 손수건을 테이블에 내려놓고 아무 말 없이 가방을 들 었다. 일어서는 나를 아빠가 애걸하듯 붙잡았다.

"아빠가 너무 갑작스럽게 이런 얘길 꺼내서 놀랐구나. 미안 해 딸! 그런데 딸이 미국 간다 그러니까 이 아빠가 마음이 너무 급해서 그랬어. 딸 정말 미안한데, 꼭 좀 부탁해. 나한테는 무엇 보다 중요한 일이야."

잡은 손을 뿌리치고 나오는데 아빠는 계속 따라오며 부탁한 다고 외쳐 댔다. 나는 급하게 택시를 잡아탔다. 그러고는 집으 로 오는 내내 소리 없이 울었다. 몰래 카메라 같은 거 아닐까? 일 년 정도 공을 들이는 몰래 카메라 같은 것도 있지 않을까? 내가 뭘 그렇게 잘못해서 이런 일을 겪는 걸까? 아무리 생각해도 알 수 없었다. 집은 아무도 없이 깜깜했다. 차라리 다행이었다. 지금 그 여자나 그 남자를 보면 있는 대로 소리 지를 것 같았다. 내 방으로 들어가 불도 켜지 않은 채 구석에 쭈그려 앉았다. 이 넓은 집에 나와 침묵, 그리고 그보다 짙은 어둠만이 가라앉아 있었다.

더 이상 '전생부터 가족'에 미련이 없었다. 전생부터 엄마에게 미안한 생각도 들었지만 그만큼 두려움도 컸다. 엄마마저 나에게 다른 마음이 있어서 잘해 줬다면 난 정말 못 견딜 거 같았다. 설명도 하고 싶지 않았다. 자고 일어나자마자 단톡방에서 나와 버렸다. 이걸 그 남자랑 그 여자가 알면 꼴좋다고 비웃겠지? 하긴 정말 꼴좋게 됐다. 가족이 뭐지? 난 왜 진실한 가족을 갖는 게 이렇게 어렵지? 남들 다 갖고 있는 그런 가족이 갖고 싶을 뿐이었다. 안 씻는다고 잔소리 듣는 아빠, 공부 안 한다고 혼나는 딸, 김치찌개를 맛있게 끓이는 엄마면 충분하다. 그게 그렇게 어려운 걸까? 그 여자도 그 남자도 새벽에 들어와 아직까지 침실에서 나오고 있지 않다. 나는 주방에 들어가 찬물을 벌컥거리며 들이켜고는 학교로 향했다. 오늘도 태준이가 먼저 와 있을까? 궁금해하며 교실 문을 여는데 고양이 한 마리가 총총총 걸어왔다. 봄이였다. 나는 봄이를 얼른 안아 올렸다. 봄이가 기분 좋게 그르렁거렸다. 눈곱도 떨어지고 털도 윤기가 자르르했다.

"오랜만에 일찍 오네."

태준이가 다가와 봄이를 쓰다듬었다. 봄이가 다시 태준이 품으로 옮겨 갔다.

"감기 다 나았나 봐. 건강해 보인다. 다 나은 애를 학교엔 왜 데리고 온 거야?"

"사서 선생님이 봄이 보고 싶다고 하셔서, 전에 돌봐 주실 때 정 들었나 봐. 나야 고맙지. 점심시간에 가서 보고 오면 힘이 나!"

태준이 목소리가 많이 밝아져 있었다. 우리는 함께 봄이를 도서관에 데려다주고 돌아왔다.

"봄이는 길냥이 시절이 있어서 그런지 사람을 잘 따라. 원래 고양이가 낯선 곳을 힘들어한다던데 봄이는 그런 게 없어."

"그래서 싫어?"

태준이가 고개를 절레절레 흔들었다.

"싫긴, 봄이가 가족이 돼 줘서 내가 얼마나 다행인데. 혼자였으면 힘들었을 거야."

난 그런 태준이를 멀뚱히 쳐다보았다.

"가족이 뭐니?"

태준이가 잠시 생각하더니 뭘 그런 걸 물어보냐는 듯 대답했다.

"같이 밥 먹고 함께 사는 사람, 아니, 동물도 포함해야겠다."

"그럼 너희 엄마는?"

태준이 얼굴이 금세 어두워졌다. 고개를 숙이고 손톱을 만지작거렸다.

"엄마도 가족이지. 나를 낳아 주고 이때까지 키워 줬잖아."

난 이해할 수가 없었다.

"너만 두고 나가 버렸잖아. 용서가 돼?"

태준이가 숙였던 고개를 세우더니 입술을 질끈 깨물었다.

"응, 이해가 너무 잘돼. 우리 엄마 정말 노력했어. 배우지도 못하고 몸도 건강하지 못한 사람이 나 하나 잘 키우겠다고 안 한 일이 없었어. 내가 고등학생이 되도록 옷 한 벌 안 산 사람이야. 아, 산 게 있긴 하다. 시장에서 두 벌에 오천 원 하는 바지. 나머지는 다 남들한테 받았지. 사람은 다 다른 거야. 아무리 노력해도 안 되는 사람이 있어. 젊어 고생은 사서 하고, 노력하면 안 되는 일이 없다는 건 다 거짓말이야. 아무도 우리 엄마

욕 못 한다. 그런 사람은 내가 가만 안 둘 거야. 너처럼 태어날 때부터 금수저 들고 있는 애는 이해 못 할지 모르겠지만."

태준이에게 괜한 걸 물어서 미안한 마음도 들었지만 너무 억울하고 울컥했다. 금수저라니. 내 마음은 하나도 모르면서 어떻게 그런 말을 하는 걸까.

"금수저는 신세 한탄도 못 하겠구나. 맞아 나 금수저야. 덕분에 정은 한 방울도 안 남은 남 같은 부모 밑에서 살고 있지. 이제 그나마도 얼마 안 남았어. 내가 자꾸 쓸데없는 짓 하는 거 같으니까 외국으로 보내 버린데. 내 마음 따위는 그 사람들한테는 아무 필요도, 가치도 없는 거라서 나한테 의견은 묻지도 않더라."

태준이가 놀라는 표정을 지었다.

"설마 너희 부모님 같은 분들이 그럴 리가 있어? 네 마음은 얘기해 봤어?"

"무슨 얘기? 쇼윈도 가족 노릇은 그만하고 이제 각자 헤어지라는 얘기?"

태준이가 미안한지 입을 자꾸 손으로 문질러 댔다. 밖에서는 아이들이 오고 있는지 멀리서 웃는 목소리가 들렸다. 우리들의 얘기도 그걸로 멈췄다. 태준이는 어색하게 자기 자리로 돌아갔다. 나는 언제나처럼 무표정하게 자리에 앉아 칠판을 쳐다보았다. 수업이 시작되었다. 그런데 태준이가 엎드리지 않았다. 점심시간이 지나고 수업이 다 끝나도록 잠도 자지 않고 계속 뭔가를 생각하는 것 같았다. 들어오는 선생님마다 웬일로 안 자냐고 농담을 던질 정도였다. 아무래도 아까 내 얘기 때문인 거 같았다. 설마 학교에 떠들고 다닐까? 태준이가 그럴 애는 아니란 생각이 들었지만 떠들고 다녀도 상관없단 마음이기도 했다. 어차피 난 곧 외국으로 갈 거고 그런 얘기야 뜬소문처럼 돌아다니다 사라질 테니까 말이다. 종례를 하고 교실을 나서는데 태준이가 따라왔다.

"도연아, 괜찮으면 나랑 얘기 좀 하자."

이마에 땀이 번지는 게 고민을 많이 한 얼굴이었다.

"그래, 어디서 얘기할까?"

"일단 봄이 좀 데리러 가자."

긴장이 조금 풀리는지 태준이가 머리를 긁적거렸다.

우리는 도서관에 들러 봄이를 데리고 학교 근처 공원으로 갔다. 봄이가 태준이의 품에서 폴짝 내려가더니 공원을 뛰어다녔다. 태준이와 나는 봄이를 지켜보다 벤치에 가만히 앉았다.

"봄이 좀 봐. 신나나 보다."

내 말에 태준이가 고개를 끄덕거렸다.

"그러게. 꼬리가 바짝 선 게 즐거워 보이네."

태준이의 눈이 봄이를 좇고 있었다. 사랑이 가득한 눈빛을 보고 있으니 조금 얄미운 마음이 생겨 일부러 심술궂게 물었다.

"너 만약에 엄마랑 봄이 중 한쪽만 택해서 살아야 한다면 누구랑 살 거야?"

태준이는 정말 곤혹스런 얼굴로 한참을 괴로운 듯 고민에 빠졌다. 옆에서 보고 있으니 웃음이 날 지경이었다. 이때까지 몰랐는데 참 고지식한 애였구나.

"그만 고민해. 지금 네 꼴을 보니 일 년을 고민해도 답이 안 나오겠다."

그때서야 태준이가 살겠다는 듯 한숨을 내쉬었다.

"가족 중에 한 명을 어떻게 택해."

맞는 말이었다. 어떻게 그럴 수 있겠어.

"그런데 하고 싶은 얘기가 뭐야?"

태준이가 다시 머리를 긁적였다. 그러고는 멋쩍은지 벤치에서 일어나 봄이를 부르더니 얼른 달려가 끌어안고 다시 걸어왔다.

"너 좀 이상해."

태준이가 걱정스러운 듯 날 내려다보았다. 햇볕에 반사되는 눈동자가 유난히 반짝거렸다.

"내가 뭐?"

난 아무렇지도 않게 대답했다.

"사실 처음에 네가 나한테 잘해 줬을 때부터 이상했어. 너 그런 애 아닌 거 전교가 다 알아."

"무슨 소리야. 나 나름대로 애들한테 친절하게 굴었는데."

말도 안 된다는 얼굴로 태준이를 빤히 바라보았다.

"그러기야 했지. 그런데 목소리는 친절해도 눈이 웃은 적이 없어. 누굴 곁에 두지도 않잖아. 그런데 네가 봄이 볼 때랑 나한테 이야기할 때는 눈동자에서 감정이 느껴졌었어."

이번에는 내가 멋쩍어서 태준이 품에서 봄이를 꺼내 와 껴안았다. 보드랍고 따뜻한 털이 손 안에서 미끄러졌다.

"나도 사람이니까 변하는 게 당연하지. 감정이 느껴졌으면 더 좋아진 거잖아. 그게 왜 문제야?"

"계속 그랬으면 내가 이러지 않지. 나도 내 코가 석 잔데 누굴 걱정할 처지도 아니고."

태준이가 잠시 머뭇거리다가 다시 입을 열었다.

"봄이 사료며 물통 같은 거 잔뜩 사 줬을 무렵에 분명 넌 달

랐어. 나한테뿐만이 아니라 반 애들한테도 웃으면서 얘기하더
라고. 그런데 갑자기 다시 전으로 돌아갔어. 아니, 전보다 더 안
좋아졌다고 하는 게 맞겠다."

나는 괜히 찔려서 일부러 목소리를 높였다.

"무슨 소릴 하는 거야? 내가 뭘 어쨌다고!"

"전에는 표정이라도 감출 줄 알았는데 지금은 정말 모든 게
다 귀찮고 싫은 얼굴이야."

아차 싶었다. 내가 요즘 학교에서 그런 얼굴로 앉아 있었구
나. 나는 초조하게 다리를 떨다가 봄이를 끌어안고는 일어서서
공원을 걸었다. 바람이 얼굴을 차갑게 때리며 지나갔다. 태준
이의 말은 다 맞다고 생각했다. 그런데 마음에선 뭔가가 걸린
듯 억울한 생각이 내려가지 않았다. 그게 뭐지 싶어 생각을 짜
내는데 봄이가 갑자기 내 품에서 비집고 나서더니 폴짝 뛰어내
려 태준이에게 달려갔다.

"봄이는 내가 싫은가 보다."

내 말에 태준이가 고개를 저었다.

"봄이는 솔직해. 싫은데 억지로 참거나 하지 않아. 네가 싫었
으면 너한테 안기지도 않았을 거야."

그 말을 듣는데 머릿속이 시원해지는 느낌이었다. 태준이 말

을 듣고 억울한 느낌이 든 이유가 잡히는 것 같았다. 나도 나를 이렇게 몰랐구나 싶어 허탈했다.

"태준아, 네가 보기엔 내가 전에 감정을 잘 감췄었니?"

태준이가 고개를 끄덕였다.

"내가 정말 표정을 잘 감추는 애였다면 목소리만 친절한 게 아니라 눈까지 웃고 있지 않았을까?"

태준이가 '아차' 하는 표정을 지었다. 사실은 나도 아차 싶었다. 나도 나를 너무 몰랐으니까. 어릴 때부터 귀에 못이 박히게 들은 소리가 있었다. '항상 남에게 친절해야 한다. 가족이 화목해 보여야 한다'는 얘기였다. 그래서 중학교 들어갈 무렵에 내 친절함은 습관이 되어 있었다. 하지만 마음을 숨기지는 못했다. 아무 것도 재미없었다. 그게 얼굴에 그대로 드러난 거다. 난 생각보다 솔직한 애였다.

"내 눈이 안 웃었던 건 정말 마음에서 아무것도 못 느껴서였어. 그때는 정말 감정이 말라 있었거든."

"그럼 표정을 찾았다가 더 안 좋아진 건 무슨 일 때문이야?"

태준이의 물음에 목이 말라붙는 것 같았다. 나는 잠시 마른 나뭇가지를 쳐다보았다. 마른 잎을 다 떨구어 낸 나무가 시원해 보였다. 나도 썩은 기억은 다 떨구어 내고 싶었다. 태준이라면 이야기해도 괜찮을 것 같았다. 지난 일 년 동안 있었던 '전생부터 가족' 이야기를 꺼냈다. 나름대로 담담히하려 노력했지만 생각보다 쉽지 않았다. 가끔은 격해지는 마음을 억누르지 못해 목소리가 떨렸다. 때로는 아무 말 없이 이야기를 들어만 주는 것도 위로가 된다는 걸 깨달았다. 태준이는 내 이야기가 끝날 때까지 가만히 귀 기울여 들어 주었기 때문에 알게 된 사실이었다.

"나 바보 같지?"

이야기 끝에 내가 피식 웃으며 물었다. 태준이가 따라 피식 웃었다.

"너무 귀하게 커서 그래."

"또 금수저 타령이야!"

내가 째려보자 태준이가 또 피식 웃었다.

"가족이 그렇게 쉽게 만들어지겠냐. 비싼 선물은 또 왜 주냐. 그런 게 무슨 의미가 있다고."

그래서 이렇게 엉망이 된 걸까? 하지만 난 가족이 필요했다. 혼자는 외로웠고 힘들었다. 시무룩한 나를 보고 태준이가 눈썹을 위로 당기며 이맛살을 찌푸렸다.

"전생부터 가족이란 방을 본 순간부터 넌 얽매였는지도 몰

라. 그래서 무조건 좋았을지도. 그런데 그 아줌마는 어떻게 됐
어?"

"아줌마? 아, 전생부터 엄마."

"응, 그 사람한테는 아무런 얘기도 안 하고 그냥 단톡방에서
나와 버린 거야?"

엄마마저 나한테 다른 생각이 있으면 정말 못 견딜 거 같아
서 그냥 나와 버렸다고 이야기했다. 태준이의 이맛살이 아까보
다 더 심하게 찌푸려졌다.

"어차피 버린 방인데 뭐가 두려워서 그래. 네가 그렇게 나가
버려서 그 아줌마가 상처 입을지도 모른다는 생각은 안 해 봤
어? 그래도 가족이라고 생각했던 거잖아."

생각지도 못했다. 나 아픈 것만 생각했다. 어쩌면 아줌마도
나 때문에 상처 입었을까? 날이 어두워지고 있었다. 태준이는
봄이를 품에 넣고는 일어섰다.

"이러다 밤 되겠다. 찬바람 너무 오래 쐬면 우리 봄이 또 감
기 걸릴지도 몰라. 그만 가자."

나도 가방을 매고 태준이를 따라 나섰다.

"봄이밖에 모르는 바보구나. 그래 얼른 가자. 춥다."

공원을 나와 신호등 앞에 나란히 섰다.

"가족이란 게 정말 엄마, 아빠, 오빠 이런 사람들로만 이루어진 걸까? 나도 봄이 만날 때까지 몰랐는데 고양이도 가족이 되더라. 너도 조금 편하게 생각해 봐. 그러면 벌써 네 주변에 좋은 가족이 있을지 몰라."

태준이는 봄이를 안고 횡단보도를 건너 골목 안으로 총총히 걸어 들어갔다. 집으로 향하며 처음으로 가족이 뭘까 생각해 보았다. 그렇게 원하던 가족이었는데 막상 생각하려니 머릿속에 떠오르는 게 없었다. 집에 도착하니 거실에는 불이 다 꺼져 있었다. 아무도 없나 싶어 편하게 현관을 여는데 안에서 이상한 소리가 들렸다. 놀라서 몸을 움찔하는데 소리가 더 크게 울려왔다. 우는 소리였다. 가만히 귀를 기울여 보니 그 여자 소리 같았다. 현관문 열리는 소리가 들렸을 텐데 못 들은 듯 계속 우는 소리만 안방 문틈으로 흘러나왔다. 나는 조심스럽게 신발을 벗고 안방으로 다가갔다. 깜깜한 방에서 그 여자가 침대에 기대 통화를 하고 있었다.

"나 정말 힘들어. 이렇게 가면 쓰고는 못 살겠어. 딸 하나 있는 거 때문에 참고 살다 이제 아예 발목이 묶여 버렸어. 지금와서 온 국민 다 속였다고 할 수도 없고, 내가 그럴 용기가 있었으면 벌써 열 번은 이혼했겠지. 도연이 얼음처럼 차가운 거 뭐라고 하지도 못하겠다니까. 나나 그 인간이나 애한테 정을 쳤어야지, 우리 진짜 나쁜 부모 소리 들어도 할 말 없어."

처음이었다. 나한테는 눈물도 보인 적 없는 사람인데. 나는 조용히 내 방으로 들어갔다. 기분이 이상했다. 마음이 기쁘기도 하고 슬프기도 했다. 어떻게 해야 할지 몰라서 방 안을 한참 서성거리는데 방문을 두들기는 소리가 났다. 그 여자였다.

"밥 먹어라."

눈하고 코는 빨개서 언제 울었냐는 듯 침착한 목소리였다.

"알았어."

나도 퉁명하게 대답했다. 밥상에 앉아 저녁을 먹는데 오늘따라 그 여자가 다르게 보였다. 문득 내가 안다고 생각한 게 다가 아니란 생각이 들었다. 밥도 국도 따뜻했다. 이 집에서 먹는 밥은 항상 차가웠는데 오늘은 달랐다. 그 여자도 그 남자도 어른이라 상처받지 않는 게 아닐 거다. 그것만으로도 조금은 덜 미워할 수 있었다. 저녁 먹고 방에 들어가면 전생부터 엄마에게 전화를 해야겠다. 혹시라도 그 사람이 내가 준 비싼 선물을 더 좋아했다 하더라도, 나한테 다른 마음으로 잘해 줬다고 해도 더는 상처받지 않을 것 같았다.

너의
이름

번쩍 눈을 떴다. 쥐라도 난 듯 팔다리가 저리고 이마가 식은 땀으로 흠뻑 젖어 있다. 탁자로 기어가 컵에 담긴 물을 벌컥벌컥 마셨다. 항상 똑같다. 국경을 넘는 꿈을 꾸면 타는 듯한 갈증과 함께 팔다리가 저려 왔다. 벌써 삼 년도 지난 일인데 마치 한 시간 전처럼 생생했다. 친구네 가족이 중국으로 넘어간다고 했을 때 나도 데려가 달라고 울면서 매달렸던 건 결과적으로 잘한 일이었을까, 잘못한 일이었을까? 어차피 내 곁엔 아무도 없었다.

아침을 먹고 가게에 왔는데도 점심 손님이 닥칠 즈음엔 배가 고프기 시작했다. 얼른 점심시간이 끝나야 눈치껏 끼니를 챙겨 먹을 텐데 오늘따라 손님이 끊이질 않았다. 두 시가 다 돼서야 남은 테이블의 손님이 일어섰다. 얼른 치우고 밥을 먹어야겠다는 생각만 머릿속에 가득이었다. 급한 마음에 테이블로 다가서다가 다른 곳을 보며 나오는 여자와 부딪치고 말았다. 쟁반이 키가 작은 여자의 턱을 살짝 치며 바닥으로 떨어졌다.

"악— 뭐야?"

여자는 기분 나쁜 듯 소리를 지르더니 턱을 문지르며 나를 째려보았다.

"죄송합니다, 손님. 정말 죄송합니다. 괜찮으세요?"

여자가 바닥에 떨어진 쟁반을 구둣발로 툭툭 밀면서 화를 냈다. 솔직히 부딪친 건 여자가 다른 곳을 보고 있었기 때문이었다. 나도 잘한 건 없지만 좀 억울하단 생각이 들었다. 하지만 꾹 참고 떨어진 쟁반을 주워 들었다.

"정말 죄송합니다. 앞으로는 절대 이런 일 없도록 하겠습니다."

"앞으로 같은 소리 하네. 너 같으면 이런 데 두 번 오고 싶겠니? 잘못했으면 혀 깨물 뻔했잖아. 그런데 너 말투가 왜 그러니? 조선족이야?"

여자가 내 발음까지 시비를 걸면서 계속 성질을 부리자 카운터에 있던 사모님이 달려왔다.

"저희 종업원이 실수를 한 모양인데, 오늘 드신 건 저희가

서비스로 드릴 테니 화 푸시고 다음에 또 오세요."

여자는 그제야 찌그러진 인상을 펴고 사모님에게 나를 가리키며 손가락질했다.

"요즘 젊고 예쁜 우리나라 애들도 얼마나 많은데…… 돈 몇 푼 아끼려고 이런 애 데려다 쓰지 말고, 좀 제대로 된 애들로 부려요."

사모님이 빨갛게 달아오른 얼굴로 간신히 웃어 보이며 대꾸했다.

"우리 진이도 일 잘해요."

"보고도 일 잘한다 소리가 나와요? 그리고 우리나라 애들도 일자리가 없어 반은 논다는데, 우리가 저런 애들까지 먹여 살려야겠어요?"

여자는 가게가 쩌렁쩌렁 울리게 짜증을 내더니 나가면서도 뒤를 힐끔거리며 말을 멈추지 않았다. 내가 할 수 있는 건 그저 고개를 숙이고 안 들리는 척하며 서 있는 거였다. 손님이 나가자 사모님이 주방을 향해 소리쳤다.

"여보 소금 통 좀 가져와, 별꼴 다 본다, 내가."

소금을 들고 나가 문 앞에 한주먹 뿌리고 난 사모님이 나에게 다가왔다.

"신경 쓰지 마. 저런 거에 하나하나 상처받으면 여기서 못 견뎌."

"죄송해요. 저 때문에 가게까지 욕먹게 해서……."

욕을 너무 먹어서일까? 고픈 배가 더부룩해졌다. 밥 생각은 이미 없어졌다. 하지만 주방으로 가서 냉장고 구석에 숨어 있는 반찬까지 다 꺼냈다. 꾹꾹 눌러 담은 밥을 한 그릇 비우며 나에게 다짐했다.

'이런 일은 아무것도 아니야. 눈물도 아까워.'

언제나 느끼는 거지만 서울에서 만나는 사람들이 나를 대하는 마음은 두 가지뿐이다. 하나는 동정심, 나머지 하나는 경멸. 내가 어떤 성격인지, 어떤 걸 잘하는지, 어떤 생각을 하는지 아무도 궁금해하지 않는다. 그저 '탈북자'란 딱지만 붙일 뿐이다. 많은 사람들이 처음에는 나를 조선족으로 오해한다. 어떨 땐 조선족으로 봐 주는 게 더 편하기도 하다. 서울 사람들에겐 조선족보다 탈북자가 더 불편한 존재 같으니까. 하지만 결국 개돼지에게 하듯 함부로 대해도 된다고 생각하는 건 비슷하다.

사람이 사람에게 얼마나 잔인할 수 있는지 친구네를 따라 강을 건너자마자 알았다. 내 아빠의 친구이기도 했던 친구네

아빠는 나만 빼고 자기 가족들을 한쪽에 세워 두었다. 그러고
는 나를 데리고 탈북을 알선해 주었던 밀거래업자에게 갔다.
나는 젖은 손을 붙잡힌 채 영문도 모르고 따라서 걸음을 옮겼
다. 걸을 때마다 축축한 신발에 담긴 시린 발이 철벅철벅 소리
를 냈다. 밀거래업자는 나를 아래위로 훑어보더니 못마땅한
듯 투덜거렸다.

"듣던 거하곤 틀리잖소. 이 간나 때문에 돈을 얼마를 깎아
줬는데."

"하여튼 나는 약속을 지켰으니 돈은 더 못 주오."

친구 아빠는 돈을 더 요구하는 업자에게 고개를 절레절레
흔들며 잠바 안주머니에서 비닐로 싼 지폐 뭉치를 꺼내 건넸
다. 그때서야 친구 아빠가 별말 없이 나를 데리고 온 이유를 알
수 있었다. 밀거래업자에게 나를 판 것이었다. 인신매매에 대
한 얘기는 들었지만 내가 팔려 갈 줄은 꿈에도 생각 못 했다.

"너 하기에 달렸다. 이 아저씨 따라가서 시키는 대로만 하면
북에서처럼 굶지는 않을 기야."

저만치 먼 곳에서 친구가 나를 쳐다보고 있었다. 알고 있었
니? 어두워서 친구가 어떤 얼굴을 하고 있는지 보이지 않았다.
나는 그 짧은 한순간 친구의 이름을 내 머릿속에서 지워 버렸

다. 남자는 내 뒷덜미를 덥석 잡고는 차로 향했다. 나는 안 따라가려 발을 질질 끌었다. 남자는 흔한 일처럼 나를 쳐다보더니 있는 힘껏 내 뺨을 때렸다. 순간 눈에서 불이 번쩍했다.

"잘 들으라. 이제 너는 아무것도 아니야. 가축만도 못하다 이 말이다. 다시 북으로 끌려가면 바로 수용소행이야. 그러니 속 썩이지 말고 개처럼 굴라, 그러면 밥은 굶기지 않을 기라. 주인 말 잘 듣는 개만큼이라도 대접받고 싶으면 내 말 잘 새기라."

남자는 깊은 동굴 속처럼 어둡고 검은 눈을 부릅뜨고 사납고 고약한 목소리로 빠르게 말했다. 나는 아무 말도 못 하고 물이 뚝뚝 떨어지는 옷을 입은 채로 차 뒤에 짐짝처럼 한나절을 실려 갔다. 다음 날이 돼서야 도착한 곳은 어느 도시의 후미진 뒷골목, 허름한 여인숙이었다. 남자는 나를 차에서 내리게 하고는 집 앞으로 가 문을 두드렸다. 조금 있자 오십은 돼 보이는 아줌마가 나왔다.

"이번에 부탁한 애 데려왔소."

여자는 마치 물건을 확인하듯 여기저기 나를 뜯어보았다.

"너무 어리잖아요?"

"걱정 안 해도 될 기요. 이맘 때 애들이야 좀 먹이면 금방 살이 오르지 않소. 말은 알아듣게 해 놨으니 잘 길들여 보시오.

어딜 가서 이 가격에 이만한 애를 구하겠소."

남자가 주춤주춤하는 나를 대문 안으로 밀어 넣었다. 여자는 어쩔 수 없다는 듯이 주머니에서 돈을 꺼내 남자에게 건넸다. 남자는 누런 이를 드러내 웃으며 경쾌한 걸음으로 차로 돌아갔다.

"일단 그 지저분한 옷부터 갈아입어야겠다."

여자가 한심하게 나를 내려다보더니 여인숙 맨 안쪽 구석진 방으로 데려갔다. 방 안에는 이불과 조그만 서랍장 하나가 다였다.

"서랍 안에 옷 있으니까 아무거나 꺼내 입어."

여자는 내가 신을 벗고 안으로 들어가자 밖에서 자물쇠로 '철컥' 문을 잠갔다. 한동안 멍하니 서 있던 나는 구석에 쭈그리고 앉았다. 아무도 없이 혼자 남게 되자 몸이 오들오들 떨리기 시작했다. 추워서 떨리는 건지 두려워서 떨리는 건지 잘 알 수 없었다. 한참을 그러다 도저히 안 되겠다 싶어 서랍을 열었다. 안에는 이전에 다른 사람이 입었던 것으로 보이는 옷들이 꽤 있었다. 이 옷들의 주인은 지금 어디에 있는 걸까? 순간 섬뜩한 생각이 들었다. 몸이 더 심하게 떨리기 시작했다. 나중에는 턱이 탁탁 부딪쳤다. 서랍 안에서 아무거나 닿는 대로 꺼내 들었다. 옷을 갈아입으려 일어서니 쇠창살이 쳐진 조그만 쪽창에서 아침 햇빛이 몸 위로 쏟아져 내렸다. 창살에 갈라진 줄무늬 볕이었지만 따뜻했다. 순간 눈물이 왈칵 쏟아져 나왔다.

가게에서의 일 때문일까? 잊고 싶은 지난 기억까지 떠올랐다. 그 바람에 잠을 설쳐서 또 늦게 일어나고 말았다. 부리나케 추리닝으로 갈아입고 자전거를 끌고 신문 보급소로 향했다. 소장님은 벌써 나와서 신문에 전단지를 끼우고 있었다.

"왜 이렇게 늦었어."

째려보는 소장님의 눈을 피해 얼른 신문을 들어 내 자전거 뒤에 실었다.

"내가 진이 봐서 참는 줄 알아. 너 같은 앨 뭘 믿고 쓰겠어."

잔소리를 멈추지 않는 소장님께 꾸뻑 인사를 하고 자전거에 올라타 페달을 밟았다. 새벽바람이 아리게 얼굴을 스쳐 갔다. 나를 이 보급소에 소개해 준 사람은 준식이 친구 진이다. 자신이 하던 걸 나에게 물려준 것이다. 처음에는 돈도 벌고 살도 빼라면서 진이가 준식이에게 권했던 거라고 한다. 하지만 금덩이라도 되는 양, 살을 아끼는 준식이가 그날로 나를 데려가 진이에게 소개해 줬다. 뭐 내 이름이 진이라서 운명을 느꼈

다나 뭐라나. 만나기 전에 나에 대해 뭐라고 들었는지 진이는
무척 친절했다. 아직 어색한 말투도 모르는 척해 주었다. 그뿐
아니다. 처음 일주일은 일부러 나와서 같이 동네를 돌며 일도
가르쳐 주었다. 덕분에 배달 일을 더 쉽게 익힐 수 있었다. 같
이 다니는 내내 진이가 나를 불쌍하게 여겨서 잘해 준다는 생
각을 떨칠 수 없었다. 그건 그렇게 즐거운 일이 아니었다. 한참
신문을 돌리다 골목을 돌아서 나오는데 뒤에서 익숙한 목소리
가 들렸다.

"박진이!"

돌아보니 진이였다.

"이 새벽에 웬일이야?"

"누나가 회사 야유회 간다고 새벽같이 나가서 나도 운동 삼
아 동네 한 바퀴 돌려고 나왔지."

"할 일도 참 없다. 나 같음 한 시간이라도 더 자겠네."

진이는 내 말은 들은 척도 않고는 다가와 자전거 뒤에 실린
신문을 한 묶음 들었다.

"거참 참새처럼 쩍쩍거리긴, 요 앞에 세진 빌라는 내가 돌릴
게, 너는 주공 아파트나 맡아."

그러고는 헤헤 웃더니 빌라 쪽으로 달려갔다.

"미안하게 왜 그래! 얼른 줘!"

내가 따라가며 소리치자 진이가 뒤돌아 소리쳤다.

"다 돌리면 우유나 큰 놈으로 하나 사 줘!"

벌써 저만큼 멀어진 진이의 뒷모습을 쳐다보다 어쩔 수 없이 남은 신문을 들고 빌라 옆의 주공 아파트로 달려갔다. 어쩌면 준식이의 말이 맞는지도 모르겠다. 진이를 만난 순간 조금 거창하지만 나도 운명 같은 걸 느꼈다. 어떻게 이름이 진이일까? 내 눈 앞에서 하얀 이가 다 드러나게 웃는 이 남자아이도 어떻게 진이일 수 있을까? 마음속이 뻐근해지고 눈가가 뜨겁게 달아올랐다.

마른침을 삼키며 신문을 다 돌리고는 자전거로 돌아오니 진이는 벌써 와서 마저 있던 걸 다 가지고 사라진 뒤였다. 어쩔 수 없이 자전거 앞에 쪼그려 앉아 진이를 기다렸다. 조금 있자 헐레벌떡 숨을 몰아쉬며 진이가 달려왔다.

"오늘 배달 끝이다. 자, 우유 먹으러 가자."

"그래, 덕분에 일찍 끝냈으니 내가 큰맘 먹고 하나 쏜다."

우리는 기분 좋게 근처 편의점에 들어갔다. 진이가 큰 우유를 두 개 들고는 성큼성큼 먼저 계산대로 갔다. 나는 레몬 맛 사탕이 먹고 싶어서 그 앞에서 살까 말까 한참을 고민했다. 그런데 그사이 진이가 계산까지 해 버렸는지 나에게 다가와 우유를 건넸다.

"나더러 사라더니 왜 돈을 네가 내?"

"못생긴 것도 서러운데 남자한테 우유까지 사야 하면 더 서럽잖아."

진이가 우유를 따며 또 웃었다. 시원한 웃음이었다.

"그래, 못생긴 여자한테 못생겼다고 확인시켜 줘서 너무 고맙다. 내 이 원수는 꼭 갚으마."

참 신기한 일이었다. 원래 농담을 잘 못하는 편인데 이상하게 진이와 있으면 나도 곧잘 우스운 소리를 할 수 있었다. 아마도 항상 웃는 얼굴로 날 편안하게 해 주기 때문인 것 같기도 했다. 우리 둘은 입술 위에 하얀 우유 수염을 나란히 그리며 편의점을 나왔다. 진이는 내가 괜찮다는데도 한사코 집 앞까지 나를 바래다준다고 따라왔다.

"내가 그렇게 좋아? 그렇게 조금이라도 나랑 같이 있고 싶어?"

나는 진이를 보며 살짝 장난기 있게 얘기했다.

"내가 할 소릴 대신하면 어떡해. 그냥 네 눈빛만 봐도 나를 좋아하는 게 팍팍팍 느껴지거든. 여자인 네가 부끄러울까 봐 내가 알아서 조금이라도 같이 있어 주는 거야."

진이는 그런 내 농담에 능청스럽게 대꾸했다.

"그래. 내가 졌다. 널 놀려 먹으려고 한 것부터가 나의 실수다."

진이가 귀엽다는 듯 내 머리를 잡고는 가볍게 흔들었다. 나는 그런 진이의 팔을 잡아서 무는 시늉을 했다. 혼자는 그렇게 지겨운 길인데, 둘이서는 짧고 즐겁고 유쾌했다. 눈 깜짝할 새에 금방 집 앞까지 다 왔다. 진이가 얼른 들어가라며 손짓을 했다. 나는 가볍게 손을 흔들고 문을 열고 들어갔다. 아침을 챙겨 먹고 다시 출근하는데 그 차갑던 아침 바람이 상쾌하게 느껴졌다. 진이 때문에 어제의 일들이 다 사그라지는 것 같았다. 슬프고 불쾌했던 일들이 점점이 소멸되었다. 그러자 마음 한편에 숨어 있던 미안한 마음이 진이에게 들었다. 나 혼자만 이렇게 하루를 시작할 수 있어서, 희망을 그려 낼 수 있어서 비참했다. 배 속부터 뜨거운 눈물이 솟아올라 눈가에 번지며 흘러내렸다. 그래, 진이가 없었으면 지금의 나도 없었겠지. 이렇게 커다란 우유를 사 먹고 출근을 하는 나는 상상도 못 했겠지. 진이는 지금 무슨 생각을 하고 있을까?

여인숙 방에 갇혀서 며칠을 울기만 했다. 나중에는 지쳐서 울음소리도 나오지 않고 마른 소리만 목에서 그르렁거렸다. 주인 여자는 아침저녁으로 플라스틱 그릇에 간신히 허기만 면할 찬밥을 밀어 넣어 주고는 다시 문을 걸어 잠갔다. 지칠 대로 지치게 그냥 내버려 두는 것 같았다.

"하여간 운 좋은 줄 알아. 내가 팔이 아파서 너 때릴 힘도 없다. 하긴 그것도 얼마 안 남았어. 우리 아저씨는 너 그렇게 우는 꼴 못 볼 거다. 이제 조금 있으면 청진에서 오는데 그때까지도 정신 못 차리고 그렇게 울고 있으면 두들겨 맞는 일밖에 안 남았어."

주인 여자가 그러거나 말거나 나는 마른 울음을 그르렁거렸다.

그러다가 너무 배가 고파 맨손으로 밥을 집어서 입에 넣었다. 그때 창밖에서 작게 속삭이는 소리가 들렸다.

"너 같은 간나는 첨 봤다."

고개를 드니 얼굴이 까맣고 머리를 빡빡 민 남자애가 방 안을 들여다보고 있었다.

"뭘 첨 봐?"

남자애의 눈빛은 마치 내가 신기한 동물이라도 되는 듯 호기심에 가득 차 있었다.

"보통 반나절쯤 울고 마는데 이건 뭐 며칠을 밤낮없이 우니 안 그렇게 생겼니? 너 땜에 여기 있는 여자들도 다 잠을 설쳤다."

"여자? 그럼 나 말고도 여기에 여자애들이 많다는 거야?"

나는 벌떡 일어서서 창틀에 매달려 물어보았다.

"너까지 합쳐 다섯이다. 근데 애들은 아니야. 네가 제일 어려."

"다 팔려 온 거야?"

남자애가 눈을 깜박거리더니 고개를 살짝 저었다.

"너처럼 모르고 팔려 온 애도 있고 제 발로 들어온 애도 있지."

남자애는 별일 아니라는 듯 시큰둥하게 얘기했다.

"자기 발로? 이런 곳에?"

나는 믿을 수가 없어 물었다.

"그럼 당장 갈 곳도 없고 굶어 죽게 생겼는데 가릴 일이 어딨어."

"아무리 그래도 나같이 팔려 온 사람들도 있는 곳이잖아."

남자애는 세상 물정 모른다는 것처럼 나를 보더니 혀를 찼다.

"그런데 여기서 뭐 해야 해?"

"몰라서 묻나?"

남자애가 설마 하는 얼굴로 나를 물끄러미 보았다. 물론 조금 짐작은 하고 있었다. 아무리 어리지만 대충 느낌만으로도 알 수 있었다. 하지만 막상 이렇게 듣고 보니 남자애의 말이 도끼처럼 끔찍하게 마음을 찍어 내렸다.

"넌 어떻게 그런 말을 아무렇지도 않게 해?"

나는 괜히 남자애가 미워져서 째려보았다.

"그럼 내가 뭐라고 하겠니. 어차피 얼마 안 있으면 바로 알게 될 텐데."

남자애는 조금 미안한지 눈을 내리깔았다.

"그래도 여기 있으면 공안한테 잡혀가지는 않는다. 밖에 돌아다니다 재수 없이 공안한테 잡히면 바로 북으로 가는 기야. 일할 때마다 내가 얼마나 간을 조리는지 넌 모를 기야."

제 딴에는 위로랍시고 하는 말 같았지만 하나도 힘이 나지 않았다. 오히려 화만 났다.

"넌 갇혀 있지는 않잖아."

나는 눈물을 훔치며 괜한 원망을 건넸다.

"시키는 대로 잘하면 얼마 안 가 열어 줄 기야."

남자애는 그렇게 말하더니 또 미안한 표정을 지었다. 그 아이도 나도 알고 있는 것이었다. 문을 열어 주는 게 어떤 의미인지를. 남자애는 말을 하다가 배가 고픈지 내 그릇에 남은 밥을 보고는 침을 꼴깍 삼켰다. 비쩍 마른 얼굴이 햇빛에 반사되어 더 퀭해 보였다. 나는 반쯤 남은 밥을 뭉쳐서 창틈으로 건네주었다. 남자애는 잠시 내 눈치를 보더니 손을 뻗어 밥덩이를 받고는 허겁지겁 입에 밀어넣었다.

"그런데 넌 이름이 뭐네?"

게 눈 감추듯 밥을 먹은 남자애는 생각난 듯 나를 보더니 물었다.

"난 박미혜야. 넌 뭐야?"

"난 박철이."

남자애가 부끄러운 듯 머리를 긁적거렸다. 나는 그런 그 애에게 창틈으로 손을 내밀었다.

"앞으로 잘 지내자."

철이는 얼굴이 빨개져서 내가 내민 손끝만 간신히 잡고는 몇 번 흔들더니 뛰어갔다. 그날부터 철이는 틈만 나면 창문 곁에 와서 말 친구가 되어 주었다. 삐쩍 말라서 눈만 커다란 철이가 하는 일은 손님을 불러오는 것이었다. 제법 말주변도 좋고 일을 꽤 잘해 주인 여자가 신임하는 눈치였다. 철이를 만난 뒤부터는 더 눈물이 나지 않았다. 하지만 주인 여자는 여전히 문을 잠가 두었다. 아무래도 그 아저씨란 사람이 올 때까지는 계속 그럴 셈인 듯했다. 얼마나 지났을까. 갇혀 있는 것도 꽤 익숙해지고 견딜 만해질 때쯤이었다.

"미혜야, 미혜야."

구름이 달을 가린 깜깜한 밤이었다. 창가에서 철이가 날 불러 깨웠다.

"이 시간에 무슨 일이야?"

나는 눈을 비비며 일어나 철이에게 다가갔다.

"큰일이다. 너 아무래도 다른 곳으로 팔려 갈 것 같다."

"그게 무슨 소리야?"

나는 부스스한 머리를 뒤로 넘기며 창살에 바짝 붙어 물었다.

"아까 전화하는 것 들었는데, 낼모레 널 데리러 온다고 하더라."

철이는 나보다 더 놀랐는지 걱정스런 얼굴로 간신히 목소리를 누르며 말했다. 하지만 나에게는 여기나 다른 곳이나 같았다.

"그게 뭐 큰일이야. 어차피 팔려 다니는 건 똑같잖아."

나는 힘없이 고개를 떨궜다.

"아니야. 거기는 정말 위험한 곳이라고 했어. 나도 전에 있던 누나들한테 들었는데 그쪽으로 팔려 가면 완전 인생 끝난 거랑 같다고 했단 말이야."

철이의 마른 낯빛이 달빛에 더 창백하게 보였다.

"그렇다고 내가 뭘 어떻게 해? 이렇게 갇혀서 아무것도 못하는데."

나는 단념한 듯 힘없이 속삭였다.

"정신 차려! 지금 그러고 있을 때가 아니야. 아저씨가 모레온다는데 그전에 어떻게든 해야 해. 아저씨 오면 그때는 진짜로 아무것도 못 해."

철이가 철창을 붙잡고 다급한 듯 나를 타일렀다.

"내가 정신 차린다고 이 잠긴 문이 열리니? 여기서 나가야도망이라도 가든지 말든지 하지."

나는 철이에게 답답해서 하소연했다. 그런 나를 보던 철이는 한참을 창문 앞을 서성거렸다. 나중에는 그것도 모자라 앉았다 일어났다를 수십 번 반복했다. 그러고는 결심한 듯 나를 쳐다보았다.

"도망가자. 그 수밖에 없어."

나는 놀라서 눈이 커다래졌다.

"어떻게?"

"아줌마가 여기서는 나를 제일 믿는다. 그러니 의심받지 않고 안채에도 들락거릴 수 있어. 내가 아줌마 잘 때 몰래 열쇠를 꺼내 올 기야."

나는 마른침을 삼키며 속삭였다.

"잡히면?"

이마에 땀방울이 송송 맺혀 걱정하는 나를 보더니 철이는 걱정 말라는 듯 웃어 보였다.

"잡히면 두들겨 맞기밖에 더 하겠니. 내일 새벽에 열쇠 가지고 올 테니 너는 준비하고 있으라. 너한테는 여기 있는 것보다는 도망가는 게 훨씬 나을 기야."

내가 할 수 있는 건 대답 대신 고개를 작게 끄덕이는 것뿐이었다. 철이가 걸리는 게 걱정되고 두렵기도 했지만 자유로워질 수 있다는 생각만으로도 행복해지는 것 같았다. 자려고 누웠는데 손에 자꾸 식은땀이 차고 잠이 오지 않았다. 뜬눈으로 밤을 새우고 날이 밝자 나는 서랍을 열어 입을 만한 옷을 따로 챙겨 놓았다. 긴 하루가 지나는 동안 별별 생각이 다 들었다. 나가서 어디로 갈지, 뭘 할지, 철이를 믿어도 될지 걱정이 됐지만 그래도 여기에 갇혀 있다 또 팔려 가는 것보다는 나을 것 같았다. 새벽이 되자 철이는 약속대로 열쇠를 훔쳐 내 방문을 열었다. 나는 소리가 나지 않게 맨발로 걸어 나갔다. 모두가 잠든 사이 우리는 살금살금 여인숙을 빠져나왔다. 그러고는 문밖에서 신발에 발을 구겨 넣고는 뒤도 돌아보지 않고 달리기 시작했다. 계속, 쉬지 않고, 조금이라도 더 여인숙에서 멀어지기 위해…… 달리는 동안 한순간도 철이는 내 손을 놓지 않았다. 다리에 감각이 무뎌지고 숨이 차서 헐떡거렸지만 철이의 손이 나를 놓지 않아서 견딜 수 있었다. 그렇게 새벽 내내 달려 아침이 밝았을 때 우리가 도착한 곳은 기차역이었다. 철이는 처음부터 이곳으로 올 생각이었던 것 같았다. 철이는 안주머니 깊은 곳에서 미리 끊어 놓은 기차표를 꺼내 내 손에 쥐여 주었다. 그리고 우리는 드디어 기차에 올라탔다. 기차는 동북부로 가는 것이었다. 철이는 기차 안에서 나에게 차분하게 이야기했다.

"미혜야 내 말 잘 들어. 너는 아직 잘 모르겠지만 어차피 중국에서는 계속 도망만 다녀야 해. 여인숙 주인보다 더 무서운 게 공안들이거든. 전에도 말한 적 있지만 그 인간들한테 잡히면 우리는 다시 북으로 넘겨지게 된다."

철이의 커다란 눈이 나를 똑바로 바라보고 있었다.

"그럼 어떻게 해?"

그 아이의 흔들리지 않는 눈동자를 보며 나는 생각했다. 왜 나에게 이런 말을 할까? 철이는 잠시 침묵하더니 덜덜 떠는 내 손을 단호하게 꽉 잡았다.

"우리 남한으로 가자. 거기 가면 학교도 다닐 수 있고, 여기 서처럼 도망 다니지 않아도 된다고 들었다."

남한? 생각도 해 본 적 없는 단어였다. 하긴 이제 막 여인숙 에서 벗어난 내가 뭘 생각할 수 있었을까.

"그 먼 곳을 어떻게 가?"

나는 흔들리는 눈빛으로 철이를 보았다.

"갈 수 있어. 내가 다 먼저 알아봤다. 이 기차 타고 내려서 안 내자를 만나 산을 넘으면 캄보디아 국경이 나오거든. 거기만 넘으면 망명을 할 수가 있어."

"안내자?"

철이가 고개를 끄덕거렸다.

"역 앞에 있는 부동산을 찾아가면 거기서 소개해 준다더라. 내가 아까 주인 여자 금고도 다 털었다. 거기에 이때까지 몰래 모은 돈도 좀 있으니까 사정하면 어떻게든 될 기야."

"그런데 어떻게 그렇게 잘 알아?"

문득 궁금해져서 철이에게 물었다.

"너랑은 상관없이 벌써 몇 년 동안 남한으로 가려고 준비하고 있었다. 그러니까 너 때문이라고 생각할 필요는 없어. 조금 일정이 앞당겨졌을 뿐이니까."

철이는 무뚝뚝하게 말했지만 그 말 안에 나에 대한 배려가 숨어 있다는 것이 설명하지 않아도 느껴졌다.

"고마워."

나는 앙상하고 뼈만 남은 철이의 손을 꼭 잡고 눈물을 뚝뚝 흘렸다. 이 아이를 만나지 못했다면 어떻게 되었을까? 생각만으로도 머리털이 바짝 서는 것 같았다. 철이는 아무 말 없이 그저 내 손을 힘주어 맞잡았다. 그렇게 가만히 손을 잡고 졸다가 몇 번 깬 후 우리는 기차에서 내렸다. 철이가 말한 부동산은 역 앞에서 조금 옆에 비껴 있었다. 작고 허름해서 눈에 잘 띄지도 않았다. 문을 열고 들어가자 조그만 책상에 젊은 남자가 앉아 있었다. 서른이 좀 넘어 보였다. 철이가 사정 이야기를 하자 남자는 우리를 번갈아 가며 훑어보더니 곧 흥정을 시작했다. 하지만 우리가 가진 돈은 남자가 말한 것의 반도 미치지 못했다.

"아저씨, 우리가 남한에 가면 꼭 이쪽으로 돈을 부칠 테니 좀 봐주세요."

가격을 깎아 보려고 한참을 매달리던 철이는 나중에는 남자에게 무릎을 꿇고 사정을 시작했다. 안 되겠다 싶어 나도 얼른 그 옆에 무릎을 꿇고 같이 빌기 시작했다.

"이런다고 될 문제가 아니다. 돈을 갖고 오든지 아니면 그만 하라. 여기서 모은 사람들은 반나절 지나면 출발하니까 그때까지 돈을 마련하든지 아니면 포기하라."

철이는 그런 남자의 바짓가랑이를 붙잡고 부탁했지만 남자는 귀찮다는 듯 뿌리치고는 가게 밖으로 사라져 버렸다. 나는 그런 철이를 보면서 무릎을 꿇은 채로 울먹거렸다. 돈이 한 사람 몫이니 철이가 나를 버려두고 갈 것 같았기 때문이었다. 철이가 가 버리면 나는 어떻게 해야 하나 눈앞이 깜깜했다.

철이는 울고 있는 나를 한참 쳐다보았다. 그러고는 쥐가 나서 잘 펴지지 않는 다리를 주무르고 일어나 나를 일으켜 세웠다. 나는 철이가 내민 손을 잡고 간신히 일어섰다. 쥐가 난 다리에서 전기가 통하듯 찌리릿거렸다. 부동산을 나간 철이는 잠시 서 있으라고 하더니 매점에서 빵을 몇 개 사 가방 안에 넣었다. 그러고는 역 주변에서 빈 플라스틱 병을 몇 개 주워 와 화장실에서 씻어 물을 담아 가지고 나왔다. 역시 철이는 자기 혼자서라도 갈 생각인 것 같았다. 팔다리가 움직일 때마다 계속 찌릿거렸다. 철이가 가 버리면 나는 어떻게 해야 하나? 내 자신이 골목 구석에 쌓여 있는 쓰레기보다 못하게 느껴졌다. 그런데 이상한 일이었다. 철이는 가방을 열어 자기 옷 한 벌을 꺼내고는 거기에 내 옷을 받아서 넣었다. 그러고는 그 가방을 나에게 건넸다.

"네가 가라."

나는 코를 훌쩍이며 철이를 멍하니 보았다. 무슨 말을 하는지 이해가 잘 가지 않았다. 그런 나에게 철이가 차분히 설명을 해 주었다.

"아무리 생각해도 그 수밖에 없다. 나는 여기서 사는 법을 아니까 괜찮을 기야. 내가 중국에 온 게 여덟 살이야. 일 년인가 있다 엄마랑 헤어지고 그때부터 혼자 살았다. 그러니까 내 걱정은 안 해도 된다. 몇 년만 이 근처에서 고생하면 나도 남한으로 갈 수 있다. 남한에 가면 너부터 찾을 테니까 그때 가서 두 배로 갚으라."

그때 기분을 어떻게 표현해야 할까? 안도가 되면서도 미안하고, 슬프면서도 다행이라는 생각이 차가운 물처럼 온몸에 젖어 들었다.

"그러다 여인숙 아저씨한테 잡히면?"

나는 걱정스럽게 철이를 바라보았다.

"내가 여기 있을 거라고는 상상도 못 할 거다. 거기서 여기가 어딘데. 중국이 얼마나 넓은데 나를 어떻게 찾겠니."

철이는 걱정 말라는 듯 나에게 이야기했다.

"그래도 어떻게 나 혼자만 가?"

내가 눈물을 뚝뚝 흘리자 철이가 내 머리를 쓰다듬어 주었다.

"나는 여기서 살 수 있지만 너는 여기 있다가는 진짜 큰일 나. 여기가 어떤 곳인지 알아? 너 같은 건 한 달도 못 돼서 어딘가로 팔려 가든지 잡혀갈걸. 그만 울라. 그래 갖고 남한에서 나한테 갚을 돈이나 모을 수 있갔어?"

하지만 내가 할 수 있는 건 그저 미안해하는 것과 우는 게 고작이었다.

"자꾸 울면 이따가 산 넘어갈 때 힘들어서 안 돼. 그만 울어."

간신히 나를 달랜 철이는 부동산으로 나를 데려갔다. 그곳에서 안내원과 마저 흥정을 했다. 안내원은 돈이 좀 부족하다면서 투덜거렸지만 싫다고는 하지 않았다. 얘기를 하고 나오니 출발하기까지 시간이 꽤 남아 있었다. 기다리는 동안 나와 철이는 근처 공원 벤치에 앉았다. 한참을 지나가는 사람들을 쳐다보던 철이가 문득 입을 열었다.

"나 실은 철이 아니다."

"응? 그게 무슨 소리야?"

나는 뜬금없는 소리에 철이를 보았다. 철이는 조금 쑥스러운 지 내 눈을 살짝 피했다.

"내 진짜 이름은 박진이야. 여자 이름 같지? 놀림당하는 게 싫어서 남한테는 철이라고 하고 다녔다. 엄마 배 속에 있을 때 내가 여자애인 줄 알고 아빠가 지어 줬다고 하더라. 그런데 태어나기 전에 아빠가 먼저 세상을 떠난 기야. 그래서 엄마는 아빠가 지어 준 이름이라도 나한테 주려고 그냥 진이라고 했다고 하더라."

철이는 담담하게 이야기하더니 마음에 안 든다는 듯 입술을 삐죽 내밀었다.

"그냥 진이라고 하는 게 더 좋을 뻔했다. 철이란 이름보단 훨씬 예뻐."

내 말에 철이는 금세 얼굴이 붉어졌다.

"예쁘니까 창피하지."

나는 괜히 웃음이 나왔다.

"그래도 예쁜걸."

"그렇게 예쁘면 너 갖든지."

철이가 나를 보며 선심 쓰듯 툭 던졌다.

"이렇게 하는 건 어때? 나 이제부터는 내 이름 대신 진이라는 이름을 쓸게. 성은 둘이 같으니까 나도 박진이가 되거든. 나중에 네가 한국 오면 박진이를 찾는 거야. 좋지? 네 이름이니까 잊어버릴 걱정도 없잖아?"

아무 대답도 없었지만 웃는 얼굴을 보니 철이도 싫지 않은 듯했다.

"그럼 나중에 남한 오면 꼭 박진이를 찾는 거다. 자, 약속."

철이도 내 손가락에 자기 손가락을 걸었다.

"이러니까 진짜 우리 꼭 가족 같다. 성도 같잖아."

"무슨 가족이 이름이 똑같네. 말도 안 된다."

철이는 웃으면서 고개를 저었지만 나에게는 진짜 그랬다. 엄마 아빠도 없는 나에게 철이는 하나밖에 없는 가족과도 같았다. 가족이 아니면 나에게 어떻게 이렇게 해 줄 수 있겠나 싶었다. 철이와 헤어지고 안내원을 따라 영하 10도가 넘는 산을 넘으며 생각했다. 나는 이제 박진이다, 진이가 남한으로 올 때까지 내가 이 이름을 지켜 낼 거다, 생각하고 또 생각했다.

바람에 출렁이던 눈이 파도처럼 나에게 밀려와 뒤덮었다. 하루가 지나고 물도 다 떨어지자 목이 바싹바싹 타들어 갔다. 자

작나무와 소나무가 울창한 숲을 지나 시냇물을 만날 때까지 목구멍이 말라붙어 말을 하기도 힘들었다. 하지만 국경을 넘을 때까지 그런 건 아무렇지도 않았다. 나를 대신해 중국에 남은 진이를 생각하면 다 견딜 만해졌다. 그게 내가 넘은 두 번째 국경이었다.

오랜만에 가게로 가는 내내 진이 생각을 했다. 볕이 따뜻하고 바람이 시원하니 더 그리웠다. 내가 진이를 만난 건 정말 운명이 맞다. 아니고서는 이렇게 그립지 않을 거다. 벌써 몇 년이나 흘렀지만 내 마음속엔 여전히, 그리고 당연히 진이뿐이다. 진이도 지금쯤은 많이 컸겠지. 살은 좀 찌웠을까? 얼마나 더 기다려야 다시 만날까? 다른 건 모른다. 하지만 내가 진이를 만나고 다시 박미혜가 되는 날까지 진이가 그리울 건 안다. 헤어지기 전에 진이에게 물었었다.

"나한테 왜 이렇게 잘해 줘?"

"좋으니까 잘해 주지. 밥 한 덩이에 반했거든."

그때 이야기는 안 했지만, 그래 나도 같다. 울다가 지쳐서 울음소리마저 목에서 잠겨 출렁거릴 때 그 작은 창문 틈으로 말을 건네준 순간부터 네가 좋았다.

문제아의
탄생

D-7

'나 찾으면 더 숨어 버릴 거야!'

화창한 일요일, 달랑 쪽지 한 장 남겨 놓고 아빠가 사라졌다. 밀려들던 만리장성의 주문 전화는 어제부로 땡처리됐다. 자장면 재벌이 돼서 쭉쭉 빵빵 미녀와 결혼하려는 나의 원대한 계획은 이제 다 물거품이 되는 걸까? 가게 문을 닫은 엄마는 식은땀까지 흘려 가며 전화통에 매달려 있다. 아빠의 초등학교 동창부터 사돈의 팔촌까지 번호를 누르며 행방을 찾느라 그 좋아하는 드라마도 건너뛰고 있다. 아니, 가출은 내가 해야 맞는 거 아닌가? 아빠 나이에는 집 나간 아들 찾으러 다녀야 더 어울리는데, 사십이 넘어서 뒤늦게 사춘기가 왔나? 반항도 때가 있는 건데, 어쩌자고 집을 나간 거야.

"엄마, 밥은 먹고 해!"

나는 냉장고에 있는 반찬을 꺼내고 밥을 푼 다음 거실에 있는 엄마를 불렀다.

"지금 밥 먹게 생겼어! 넌 생각이 있니, 없니? 아빠가 집을 나갔는데 아들이란 놈이 어떻게 그렇게 냉정할 수가 있어!"

엄마가 눈물이 그렁그렁한 얼굴로 나를 원망스럽게 쳐다보았다.

"작정하고 집 나간 아빠가 그렇게 쉽게 찾아져? 지금 전화만도 백 통은 넘게 했거든. 그러게 살 좀 빼라니까. 그렇게 쫓아다니면서 같이 운동하자 그럴 때 살 뺐으면 아빠가 집을 나갔겠어?"

아차, 실수다. 너무 흥분해서 해서는 안 될 말까지 해 버렸다. 요즘 엄마에게 살 얘기는 살기만 키우는 엑기스인걸. 아니나 다를까 순간 엄마의 고함 소리가 집 안에 울려 퍼졌다.

"그래서 지금 네 말은 내가 살을 안 빼서 아빠가 집을 나갔다는 거야? 지금 그게 하나밖에 없는 아들놈이 할 소리야?"

엄마가 분한 듯 성큼성큼 식탁으로 다가오더니 나를 째려보았다. 고양이 앞의 쥐가 이런 마음일까. 나는 솥뚜껑만 한 엄마의 손이 들리는 걸 보고서는 두 눈을 꾹 감았다. 그래, 맞을 짓

했으면 맞아야지. 그런데 한참을 있어도 아무 반응이 없다. 살며시 눈을 뜨고 보니 우리 집 오 층 건물보다 더 듬직한 엄마의 떡 벌어진 어깨가 들썩거리고 있었다.

"엄마 울지 마. 내가 잘못했어. 설마 아빠가 그래서 나갔겠어? 엄마가 하도 속상해하니까 그냥 웃겨 보려고 한 소리야."

나는 미안한 마음에 양손으로 얼굴을 가리고 어린애처럼 엉엉 우는 엄마를 껴안았다. 엄마는 한참을 울고 난 다음에야 의자를 꺼내서 식탁 앞에 앉았다. 나는 냉장고에서 우유를 한 잔 따라 엄마 앞에 놓았다.

"이거라도 좀 마셔, 오늘 하루 종일 아무것도 안 먹었잖아. 그러다가 엄마까지 쓰러지면 나는 어떡해."

엄마가 멍하니 나를 쳐다보더니 마지못해 우유를 한 모금 들이켰다. 그것도 잘 넘어가지 않는지 반이나 넘게 남은 컵을 슬그머니 내려놓았다. 앉은 자리에서 짬짜면 곱빼기에 탕수육 대짜를 해치우는 대식가인데 얼마나 속이 상했으면 우유 한 잔을 다 못 먹을까. 이런 엄마는 상상도 해 본 적이 없다.

짜증 날 때마다 이놈의 집구석 나가 버린다고 으름장을 놓던 엄마다. 자기가 나가면 일주일도 못 가서 집 안이 엉망이 될 거라고 큰소릴 쳤었다. 그런데 정작 아무 말 없이 엄마 눈치만 보던 아빠가 집을 나갈 줄은 생각도 못 했다. 아빠가 집 나가고 하루도 안 돼서 엄마가 저렇게 무너질지는 더 생각도 못 했고 말이다.

"준식아. 아빠 안 들어오면 어쩌지?"

새벽까지 울다가 잠깐 잠이 든 엄마가 벌떡 일어나 부은 눈을 깜빡거리며 목이 잠긴 소리를 내었다.

"안 들어오면 우리 둘이 만리장성을 세계적인 체인점으로 키워야지. 내가 돈 많이 벌어서 아빠 보란 듯이 잘생긴 남자한테 엄마 시집도 보내 줄게."

나는 일부러 씩씩하게 웃으며 가볍게 말했다. 엄마도 그런 나를 쳐다보더니 마지못해 힘없이 따라 웃었다.

"그래. 너까지 내 꼴이면 집안이 뭐가 되겠어. 밥은 먹었어?"

사실 나도 아빠가 나간 후로 밥을 먹지 못했다. 다른 때는 한 끼만 굶어도 끊임없이 꾸르륵거리던 배 속이 주인 눈치를 보는지 아무런 신호도 보내지 않았다. 그래도 엄마가 걱정할까 봐 나는 배를 두드리며 큰소리를 쳤다.

"아까 엄마 잘 때 양푼에 가득 비벼 먹고 그릇까지 씻어 놨어."

"우리 아들이 이제야 철이 드네."

엄마가 대견한 듯 내 머리를 쓰다듬어 주었다.

"그러니까 엄마도 뭐 좀 먹고 제대로 누워서 잠 좀 자. 힘이 있어야 아빠도 찾아다니지."

엄마는 내 머리를 몇 번 쓰다듬더니 엉거주춤 일어나 안방 문을 열었다. 엄마가 들어가자 나도 방으로 들어가 침대에 누웠다. 마치 하루가 십 년처럼 길게 느껴졌다. 조금이라도 자야 날이 밝으면 학교를 갈 텐데, 눈만 더 말똥말똥 떠졌다. 아빠는 어쩌자고 우리만 놔두고 집을 나간 걸까? 무슨 비밀의 요리 비법을 전수받으러 간 거 아닐까? 만리장성 자장면은 진짜 만 리 밖까지 소문이 날 정도로 맛있는데, 그럴 리는 없겠지. 그럼 진짜 바람이 났나? 지금으로썬 솔직히 그 확률이 제일 높다. 사실 아빠가 가출 쪽지를 남겼을 때 제일 먼저 떠오른 생각이 바람이었다. 내가 봐도 엄마는 정말 뚱뚱하니까. 키도 아빠랑 비슷한데 덩치는 아빠의 두 배다. 처녀 때는 그렇게 날씬했다는데, 왜 그렇게 남은 음식을 보면 참지를 못하는지, 엄마가 뚱뚱해진 건 입 짧은 아빠 책임도 크다. 아빠가 남긴 건 죄다 아깝다고 엄마가 처리했다. 그것뿐인가. 아빠가 새로 메뉴 개발한다고 만들어 보는 것도 엄마는 하나도 버리지 않았다. 어떻게 보면 엄마의 살이 우리 만리장성 메뉴의 역사이기도 하다. 엄마가 늘어나는 살을 무시하며 조언을 아끼지 않은 덕분에 대박 아이템도 몇 개 터져 주고 오 층짜리 건물까지 지었다. 그런 엄마를 두고 바람이 났다면 난 아빠를 용서하지 못할 거 같다. 제발 그 이유만은 아니길 바랄 뿐이다. 그런데, 그게 아니면 아빠가 집 나갈 이유는 하나도 없다는 게 지금 나의 가장 큰 고민이다.

이런저런 생각 때문에 결국 한숨도 못 잤다. 덕분에 늦지 않게 등교했지만 축 처진 몸으로 자리에만 앉아 있었다. 원래도 못하는 공부지만 수업 시간에 뭘 들었는지 하나도 기억이 나지 않았다. 머릿속에는 아빠 생각으로 가득 차 급식도 먹는 둥 마는 둥 했다. 이러다가 내 탐스러운 뱃살도 금세 홀쭉해지겠다. 학교를 갔다 오니 엄마가 집에 없었다. 가게도 굳게 닫혀서 배달 온 신문들만 유리문 앞에 던져져 있었다. 어제까지는 그렇게 실감 나지 않았는데 텅 빈 집과 가게를 보니 보통 일이 아니다 싶었다. 아무래도 가만있으면 안 되겠다. 어질러진 거실을 대충 치우고 창문도 열어서 환기를 시켰다. 당기지 않았지만 밥도 한 그릇 비우고 아빠에게 전화를 걸어 보았다. 수화기 저편에선 건조한 목소리의 여자가 여전히 전화가 꺼져 있음을 알려 주었다. 엄마는 밤이 늦어서야 들어왔다. 얼마나 찬바람을 맞고 돌아다녔는지 얼굴이 발갛게 부어 있었다. 표정을 보니 물어보면 속만 상할 거 같아서 그냥 엄마가 잠들 때까지 옆에 있어 주었다.

D-5

앙드레도 사라졌다. 버터 발라 논 것처럼 느끼한 이름이지만 흔하디흔한 길고양이라 누가 훔쳐 갔을 리는 없다. 분명 제 발로 나갔다는 소린데, 녀석이 우리 집에 오고서는 한 번도 없었던 일이다. 당연하다. 말린 멸치와 갖은 고기들의 축복이 넘치는 우리 집만큼 등 따습고 배부른 곳이 있을 리가 없다. 가끔 밖을 나갈 때도 있지만 그럴 때면 어김없이 길고양이 친구들을 대동하고 나타나 갖은 폼을 잡으며 자신의 멸치를 하사하던 녀석이다. 진짜 집안이 망하려나? 왜 자꾸 모두들 나가기만 하는 거야! 밖에 사랑하는 고양이라도 생겼나? 반대는커녕 멸치로 신혼 방을 꾸며 줄 수도 있는데 얘는 또 왜 속을 썩이는 걸까. 엄마는 앙드레가 없어진 것도 모르고 계속 눈물바다다. 이전까진 엄마 살이 전부 지방으로 돼 있는지 알았다. 하지만 지금 보니 엄마 살들은 전부 눈물로 만들어진 것 같다. 울어도, 울어도 계속 흘러나오는 걸 보면 틀림없다. 엄마만 믿고 있다간 아빠는 영영 못 찾겠단 생각이 든다. 엄마는 지금 너무 감정이 격해서 이성적이지 못하다. 나라도 뭔가를 해야겠다. 일단은 컴퓨터를 뒤져 보기로 했다. 구형 휴대폰을 쓰는 원시인 같은 아빠지만 몇 년 전에 함께 만들어 놓은 메일 주소가 떠올랐기 때문이다. 비밀번호는 뻔하다. 가족 중 누군가의 생일에 가게 전화번호를 붙여 놓았겠지. 역시 아빠는 내 예상을 빗나가지 않았다. 물론 이번 가출만 빼고. 받은 메일함에는 스팸 메일이 백 개 넘게 쌓여 있었다. 나는 봉사하는 마음으로 스팸을 모두 휴지통에 집어넣었다. 거의 비우고 보니 작년 이맘때쯤 이정우란 사람이 보내온 메일이 눈에 띄었다. 얼른 클릭해서 들어가 보았다.

오므린 채 입을 꼭 다물고 있던 봄도 곧 봉오리를 터트리겠지요. 비밀은 우리를 고통스럽게 하지만 이 또한 사랑하는 사람들을 위한 것이라 생각하고 견디어 냅시다. 언제나 격려를 보냅니다.

짧지만 뭔가 의미가 많은 내용이었다. 비밀이라니, 무슨 소리일까? 나는 혹시나 싶어 보낸 메일함도 열어 보았다. 받은 날짜 일주일 후쯤에 아빠가 이정우에게 보낸 답장이 있었다.

가끔 아무 의심 없이 나를 향해 웃는 모습을 보면 가슴이 사무치게 미안한 마음이 듭니다. 언제까지 이 시한부의 행복을 지킬 수 있을지요. 모든 것이 밝혀진 후에도 이 미소를 볼 수 있을까요. 거짓은 언젠가 밝혀지는 법. 그날이 두렵습니다.

아빠에게 이런 말을 할 만큼 대단한 비밀이 있었나? 한 번도 그런 모습을 느낀 적은 없었는데, 내가 알던 아빠가 어디론가 사라지고 그곳에는 같은 얼굴을 한 낯선 아저씨가 서 있는 것 같았다. 거실로 나가 멍하니 소파에 앉아 있는 엄마의 눈치를 살피며 살짝 질문을 건네 보았다.

"엄마, 혹시 이정우라는 사람 알아?"

순간 엄마의 눈빛이 변하는 것이 느껴졌다. 엄마는 당황한 얼굴로 나를 보더니 말까지 더듬으며 입을 열었다.

"그, 그걸 네가 왜 물어? 아니 네가 그 사람을 어떻게 알아?"

이 상황은 뭐지? 왜 저렇게 놀라는 거야? 아빠와 이정우가 알고 있는 비밀은 둘만의 것이 아니었나? 놀라는 표정이 마치 엄마도 같은 비밀을 알고 있다는 대답과도 같아 보였다.

"왜 그렇게 놀라? 내가 알면 안 되는 사람이야?"

엄마는 아차 싶은지 다소 누그러진 목소리로 애써 표정을 편안하게 감추었다.

"안 되긴, 그냥 아빠가 일 때문에 아는 사람이야. 네가 들은 적도 없을 텐데 물어보니까 좀 놀란 거야."

나는 엄마에게 아빠의 메일을 보여 주었다. 엄마는 메일을 읽더니 화가 난 목소리로 혼잣말을 했다.

"내 이럴 줄 알았어. 둘이서 매일 이런 거나 주고받았나 보네."

"그게 무슨 소리야?"

깜짝 놀라 묻는 내 얼굴을 보며 엄마는 금방 곤란한 얼굴로 변명하듯 둘러댔다.

"둘이 계집애처럼 봄이 되니까 싱숭생숭해서 이런 거나 주고받았다는 거야."

"그런데 여기 쓰인 비밀이란 건 뭔데?"

나는 조금 이상한 생각이 들어 추궁하듯 엄마를 쳐다보았다.

"뭐, 뭐긴. 당연히 요리 비법이지. 이 말은 안 하려고 했는데 우리 집의 요리 비법이란 게 조미료거든. 너는 뭐 대단한 비밀이 있는 줄 알겠지만, 서울 시내 잘 나가는 식당들 감추어 둔 요리 비법이란 게 다 거기서 거기야. 그거 빠지면 아무리 육수를 좋게 내도 깊은 맛이 안 나. 그게 너한테 알려지면 창피하니까 이렇게 위로한 거야."

"엥, 그게 뭐야. 시시하게."

엄마는 떨떠름한 내 얼굴을 보더니 볼을 쭉 잡아당겼다.

"시시하긴, 아빠는 너한테 언제나 떳떳하고 싶어서 고민한 거야."

설명은 들었지만 뭔가 석연치 않았다. 글이 너무 심각하다. 그게 뭐 얼마나 부끄러운 비밀이라고 저렇게까지 쓴단 말이야? 무엇보다 제일 의심스러운 건 엄마 표정이었다. 깜짝 놀란 그 눈빛이 자꾸 마음에 박혔다. 아빠가 메일에 쓴 비밀 때문에 집을 나갔는지 어쨌는지 모르지만 확실한 건 아빠도 엄마도 나에게 뭔가를 숨기고 있다는 사실이다. 그게 도대체 뭘까?

D-4

화장실이 급해서 일어났더니 엄마가 새벽같이 집을 나갈 준비를 하고 있었다. 벌써 옷까지 차려입고 현관에서 막 신을 신으려는 참이었다.

"이 새벽에 어딜 가?"

나는 배를 긁으며 물었다.

"대전에서 아빠를 봤다는 친구가 있어서…… 가 보려고."

"오늘 형들하고 누나들 월급날이잖아. 그건 어떻게 해?"

엄마는 허둥지둥 현관을 열며 소리쳤다.

"벌써 어제 다 넣어 줬어."

나는 늘어지게 하품을 하며 대꾸했다.

"그래도 그건 안 까먹었네. 요즘 가게도 계속 닫고 있는데 아까우니까 좀 덜 주지."

엄마가 문을 열고 다시 들어오더니 머리에 알밤을 쥐어박았다.

"어린놈이 어디서 못된 것만 배웠어. 넌 학교 결석한 날 빼고 수업료 내냐!"

그거랑 이거랑 무슨 상관인가 싶었지만 어딘가 그럴듯해서 나도 모르게 고개를 끄덕거렸다. 창문으로 엄마가 몰고 가는 차의 꽁무니를 사라질 때까지 쳐다보았다. 아무래도 엄마는 그 이정우란 사람을 찾아가는 것 같다. 그런데 왜 아빠가 가출했는데 별로 슬프지도 않지? 주방에서 우유를 따라 마시며 생각했다. 왜 눈물도 나지 않는 걸까? 엄마가 하도 우니까 그게 마음이 아플 뿐이다. 지금도 금방 아빠가 웃으며 들어올 느낌인 게 아무리 생각해도 엄마가 오버하는 것만 같다. 물론 닫힌 가게 문을 볼 때마다 이게 현실이란 게 느껴지지만. 사실 내가 진짜 궁금한 건 따로 있다. 엄마 아빠와 이정우란 사람이 공유하고 있는 비밀. 아까 잠결에 몇 번을 깨면서 들은 엄마의 목소리가 나를 더 궁금하게 만들었다. 하지만 왠지 열어 보면 안 되는 비밀 상자 같기도 했다. 누군가에게 걱정스럽게 의논하던 그 목소리. 요리의 비법 따위 없다는 건 나도 진즉에 눈치채고 있었다. 주방 한가운데 떡하니 놓인 비법 양념 통은 벌써 옛날에 열어 봤으니까. 진짜 나에게 숨기고 싶었으면 그것부터 어딘가에 숨겨 놨겠지. 그 순간 왜인지 모르지만 문득 아주 어릴 때 아빠가 보여 주었던 커다란 상자가 떠올랐다. 그 안에서 뭔가를 꺼내서 나를 보여 줬는데, 그걸 본 엄마가 소리를 지르며 화를 냈다. 엄마가 그렇게 성질을 낸 건 처음 보았기 때문에 그 이후로는 아예 상자에 대한 생각을 잊어버리려 했던 것 같다. 내 기억이 맞다면 엄마는 그걸 안방 장롱 안에 집어넣었다. 나를 내보낸 후 아빠에게 화를 내며 장롱 문을 닫던 모습이 기억난다. 엄마는 내가 못 본 줄 알겠지만 몰래 문틈으로 들여다보고 있었다. 생각이 떠오르자마자 급하게 우유 잔을 비우고는 장롱 문을 열어 구석부터 확인했다. 하지만 안에는 아무것도 없었다. 하긴 그게 몇 년 전인데……, 아니다! 옛날에 쓰던 거니까 창고 방에 있는 장롱이겠구나! 바로 달려가 창고 안을 뒤지기 시작했다. 케케묵은 먼지가 쌓인 장롱을 열었지만 상자는 눈에 보이지 않았다. 하지만 포기할 수 없었다. 그때부터 창고 안을 샅샅이 다 뒤집었다. 먼지로 목욕재계하고도 한참을 뒤졌지만 어릴 때 봤던 그 상자는 찾을 수 없었다. 포기하려고 나가려는데 문득 방에 붙어 있는 작은 베란다가 눈에 들어왔다. 잘 열리지 않는 유리문을 낑낑대며 열었더니 한쪽 구석에 박스 여러 개가 나란히 쌓여 있었다. 별 기대 없이 그 상자를 하나씩 뜯어보았다. 세 번째 유리문을 열었을 때였다. 눈에 익숙한 상자가 들어왔다. 분명히 어릴 때 봤던 그 상자였다. 나는 조심스럽게 상자를 꺼내 대충 소매로 훑어 내고 테이프를 뜯었다. 방 안에 불을 켜고는 침을 꿀꺽 삼켰다. 뚜껑을 열었더니 안에는 보자기에 싸인 아기 옷가지가 들어 있었다. 보자기를 들어내자 커다란 사진첩이 놓여 있었다. 사진첩을 열어 보니 아빠와 엄마의 젊을 때 모습들이 가득이었다. 결혼식 사진도 있었다. 내가 전에 물어봤을 때는 결혼식 사진 잃어버렸다고 했는데, 여기 있는 것도 까먹었나 보다. 뒤에 보니 신혼여행 가서 찍은 사진들도 함께 있었다. 정말 엄마 말대로 이때는 엄청 날씬했구나. 여행 가면 남는 건 사진뿐이라고 열심히 찍어 대는 엄마답게 사진이 꽤 많았다. 그런데 보다 보니 이상한 게 있었다. 사진에 찍힌 날짜들이 모두 다 2003년이었다. 내가 2001년생인데 이게 어떻게 된 거지? 혹시나 싶어 결혼식 사진부터 하나하나 다시 찾아보았다. 모두 2003년이었다. 만약에 내가 태어난 다음에 결혼식을 했다면 내가 있는 사진이 한 장쯤은 있을 텐데, 나는 어디에 있는 거지? 창피하다고 누군가에게 맡겨 놓았나? 얼마나 뒤지고 뒤졌을까. 맨 뒤에서 내가 찍은 것 같은 사진을 간신히 한 장 찾았다. 할머니와 할아버지가 나를 안고 있는 모습이었다. 백일 사진인가? 찍힌 사진의 날짜를 보니 2001년이었다. 사진 안에는 아빠와 엄마도 함께 있었다. 순간 한숨이 저절로 새어 나왔다. 혹시라도 내가 엄마 아빠의 자식이 아닐지도 모른다는 생각에 손바닥에 흥건히 땀이 고였다.

엄마랑 아빠도 속도위반이었구나. 그래서 날짜가 찍힌 결혼식 사진도 숨겨 둔 거야. 에이, 요즘에 그게 뭐 부끄럽다고. 아기 옷도 사진 속 내가 입고 있는 옷이었다. 깨끗하게 접어서 보자기에 귀하게 묶어 놓은 걸 보니 고맙다는 생각이 들었다. 나는 엄마 아빠와 함께 찍은 사진을 주머니에 넣고는 상자를 다시 덮어 두었다.

D-3

엄마는 새벽이 돼서야 들어왔다. 현관문 열리는 소리에 자다가 부스스한 머리로 거실로 나왔다. 엄마는 여전히 눈이 부었고 입술은 다 터서 피가 말라붙어 있었다.

"아빠는?"

엄마가 대답 대신 고개를 흔들었다.

"철딱서니가 없어도 어떻게 너희 아빠같이 없을 수가 있니? 정말 우리는 어쩌라고 이러는지. 들어줄 수 있는 게 있고 없는 게 있지."

엄마는 혼잣말처럼 소파에 앉으며 중얼거렸다.

"뭘 들어줘?"

별생각 없이 묻는 말에 엄마가 또 놀란 듯이 입을 가렸다.

"무슨 소리야, 네가 잘못 들은 거야."

엄마는 허둥지둥 일어나더니 화장실로 들어가 버렸다. 내가 잘못 들었을 리 없다. 아무래도 이번에 나가서 아빠에 대한 얘기를 들었던지 아빠를 만났던지 한 것 같았다. 아빠는 뭘 들어 달라고 한 거지? 진짜 바람이 나서 이혼해 달라고 한 건가? 방으로 가 주머니에서 사진을 꺼내 들여다보았다. 모두 웃고 있는 얼굴들이다. 할아버지랑 할머니는 내가 어릴 때 돌아가셔서 기억이 나지 않는다. 지금 살아 계셨다면 이럴 때 아빠의 엉덩이를 냅다 차 주셨을 텐데. 속도위반을 할 정도로 서로 사랑했으면서 이제 와서 다른 여자랑 바람이 난 거라면 나라도 아빠 엉덩이를 차 줄 거다. 다시 사진을 집어넣으려는데 손끝에서 미끄러져 사진이 뒤집혀 떨어졌다. 흰 뒷면의 글씨가 눈에 들어왔다. 집어 들어 가까이 들여다보니 '사랑하는 나의 아들'이라고 한 자, 한 자 또박또박 쓰여 있었다. 할아버지는 정말 아빠랑 붕어빵처럼 비슷했다. 하긴, 나도 아빠랑 붕어빵처럼 닮았다. 어릴 때부터 귀에 딱지가 앉게 들었던 소리다. 엄마는 그 소리를 들을 때마다 기분 나빠 했었다. 아니 삐쳤다는 게 맞는 거 같다. 이해는 간다. 아빠만 빼다 박았으니 나 같아도 좋지는 않았을 거다. 어중간하게 깨서 그런지 하품이 계속 나왔지만 잠은 오지 않았다. 아무래도 그냥 좀 있다 학교나 가는 게 맞을 것 같았다. 씻고 나오니 엄마가 웬일로 밥을 차리고 있었다.

"준식아, 같이 앉아서 밥 먹자."

입맛은 별로지만, 내가 안 먹으면 엄마도 굶을 것 같아서 마지못해 의자에 앉았다. 엄마가 김치를 찢어서 내 밥 위에 얹어 주었다.

"김치는 싫다니까. 엄마가 좋아하니까 대신 먹어."

나는 젓가락으로 얼른 김치를 집어서 엄마 밥 위에 얹었다.

"고기만 먹으면 똥도 잘 못 싸면서, 이런 거라도 날 닮으면 안 되니?"

엄마가 서운한지 나를 째려보았다.

"엄마는 이런 거 매일 먹어도 변비잖아."

눈치 없는 내 말에 엄마가 별 대꾸 없이 밥 위에 올려진 김치를 집어서 먹었다.

"왜? 엄마 닮은 데가 하나도 없어서 내가 싫어?"

"누가 싫대!"

"하나도 안 닮았지만 엄마 뱃속에서 내가 나왔는데 뭘 그래."

별생각 없이 엄마를 쳐다보며 대꾸하는데 갑자기 엄마가 울기 시작했다. 내 말이 그렇게 슬픈가?

"왜 또 울어? 그렇게 서러워?"

엄마가 숟가락을 내려놓고 일어나면서 소리쳤다.

"그래! 서럽다."

엄마가 들어가 버린 방문을 한참 멍하니 보고 있었다. 뭔가 이상하다. 아무리 둔한 나라도 그건 알 수 있었다. 나는 대충 식탁을 치우고는 책상 앞에 앉아 정리를 해 보았다. 아빠가 집을 나갔고, 엄마 아빠는 나에게 비밀이 있다. 나는 속도위반으로 태어났고, 엄마 아빠는 나한테 그걸 말해 준 적이 없다. 아빠는 바람이 났을지도 모른다. 이게 뭐야? 하나도 서로 연결이 되는 게 없잖아. 이렇게 비생산적으로 머리를 굴리는 것보다는 엄마 화나 풀어 주는 게 낫겠다 싶어 어제 낮에 찾은 결혼식 사진을 꺼내 안방 문을 두드렸다. 엄마는 침대에 누워서 눈을 감고 있었다.

"엄마 이거 봐. 내가 아까 찾은 거야. 전에 물어보니까 잃어버렸다고 했었잖아."

마지못해 일어난 엄마가 내가 내민 사진을 보더니 순식간에 표정이 바뀌었다.

"이, 이거 어디서 찾았어?"

"창고 방 베란다 상자 안에 있던데. 거기 보니까 나 아기 때 입던 옷도 있더라."

"옷이라고?"

나는 주머니에서 내가 찍힌 사진을 꺼내 엄마에게 건넸다.

"여기 내가 입고 있는 거 말이야. 이거 날짜 보니까 나 태어난 다음에 엄마랑 아빠 결혼했더라. 그럼 속도위반한 거 맞지?"

엄마는 내 말은 듣기도 전에 사진부터 받아서 뒤집어 보았다. 그러더니 한숨을 내쉬고는 조금 편안한 얼굴이 되었다.

"그래. 엄마 아빠가 속도위반 좀 했다. 그래서 그거 놀리려고 이거 찾아온 거야?"

엄마는 애써 웃으며 농담처럼 말했다. 조금 어색하고 이상했지만 그래도 화를 내는 것보다는 나아서 다행이었다.

"놀리긴, 엄마 우울한 것 같아서 기분 풀라고 가져왔어."

"고마워. 그런데 엄마 머리 아파서 좀 누워야겠다. 그만 나가봐."

고개를 끄덕거리고 나가는데 엄마가 조그맣게 나에게 물었다.

"준식아, 엄마가 좋아?"

나는 뒤를 돌아보고는 엄지손가락을 활짝 펴 보였다.

"당연하지! 또 묻지 마. 입 아퍼."

엄마가 웃는 걸 보고 나갔는데 조금 있자 다시 우는 소리가 들려왔다. 정말 서러워서 흐느끼는 소리였다. 나는 안방 앞에서 어떻게 할까 안절부절못하다가 그냥 방으로 돌아갔다. 왠지 엄마가 나를 보면 더 슬퍼할 것 같았다. 이해가 안 갔다. 아까 내가 사진을 보여 줄 때는 참는 듯했지만 엄마 손이 가늘게 떨리고 있었다. 억지로 농담을 한 것도 이상했다. 이 사진이 뭐라고 그렇게 놀라는 것까지 참았을까? 그냥 우리 집 가족사진일 뿐이잖아. 나는 다시 사진을 꺼내서 들여다보았다. 몇 번을 봐도 어디서나 볼 수 있는 흔한 가족사진일 뿐이다. 아까 엄마는 뒤집어서 뭔가를 확인하더니 안심했다. 그냥 낯간지러운 문장일 뿐인데, 왜? 혹시 싶어서 사진을 뒤집어 보았다. 별거 없었다. 정성껏 쓴 글자들이 다일 뿐이다. 그런데 지금 보니까 글 뒤에 조금 벗겨진 부분이 있다. 혹시 이 부분을 보고 안심한 걸까? 그래 봐야 아주 조금 벗겨진 것뿐인데? 나는 사진을 형광등에 들어 비춰 보았다. 볼펜으로 한 자 한 자 꾹꾹 눌러쓴 글씨였다. 그렇다면 벗겨진 곳을 연필로 살짝 색칠하면 뭔가가 나올지도 모르겠다. 나는 책상을 뒤져 연필을 찾아서 그 위에 살살 칠해 보았다. 흐리게 눌린 자국 위에 뭔가가 보이는 것 같았다. 그것을 다시 형광등에 비춰 보았다. 그러자 벗겨졌던 곳에 있던 글자 하나가 희미하게 드러났다.

D-2

드디어 아빠와 통화가 됐다. 엄마는 실랑이를 하더니 집 안이 떠나갈 듯 소리를 질렀다.

"그거 집에서 치워 버리라니까 왜 몰래 숨겨 뒀어. 내가 그렇게 애가 닳아도 당신은 아무렇지 않았어? 하긴 당신은 상관없지. 그러니까 이정우랑 매일 그런 얘기나 주고받았겠지. 그래, 서로 사정이 비슷해서 위로가 됐어? 아니면 당신 말 내가 안 들어주면 가출하라고 이정우가 시켰냐? 당신이 하자는 대로 하면 나는 어쩌라고! 아무리 스트레스를 받아도 그렇지. 뭘 더 이상은 못 참아! 당신이 나보다 더해? 나랑은 하나도 연결된 게 없잖아. 당신이 내 마음을 알아? 어떻게 그렇게 당신 생각만 해!"

그렇게 한참을 더 소리 지르던 엄마는 결국 아빠와 화해하지 못하고 전화를 끊었다. 그러고는 눈물을 닦으며 안방으로 들어가 버렸다. 흩어졌던 퍼즐이 모여서 끼워 맞춰졌다. 몇 가지 구멍 난 부분이 있었는데 방금 통화를 들으면서 그 구멍이 메꿔졌다. 어떤 그림인지 알 수 있을 것 같았다. 나는 아빠에게 음성 메시지를 남겼다.

'아빠 마음 편하자고 엄마 힘들게 하지 마. 아빠 당장 안 들어오면 이번에는 내가 가출할 거야! 정말 가출해서 다시는 엄마 아빠 안 봐!'

어릴 때부터 엄마는 참 이상했다. 다른 집 엄마들은 자식이 살이 찌면 어떻게든 빼려고 별별 걸 다 시킨다는데 엄마는 달랐다. 내 살들을 얼마나 예뻐하는지 한 끼만 굶어도 볼이 핼쑥해졌다고 혀를 차며 걱정을 했다. 물론 나야 속 편하게 먹고 싶은 거 먹으면서 퍼져 있어도 되니까 불만은 없었다. 중학교 때쯤 부터는 그게 이상해서 가끔은 엄마를 보며 물어봤었다.

"엄마는 내 살이 걱정 안 돼?"

"걱정을 왜 해. 듬직하니 좋기만 하다. 나는 네 살들이 참 예쁘다."

"애들은 날 보고 백돼지라고 놀리는데 뭐가 예뻐?"

"엄마가 돼지니까 그 자식이 돼지인 건 당연한 거 아냐?"

"에에, 그게 뭐야. 그런 건 닮기 싫단 말야."

"정 그러면 엄마랑 같이 빼. 혼자만 빼면 절대 안 돼!"

지금 생각하니 그때 엄마의 마음을 조금은 알 것 같았다. 나는 처음으로 엄마가 나의 엄마여서 너무나 고맙고 안쓰러웠다.

D-1

자정이 지나 날이 바뀌었다. 밖에서 번호 키 누르는 소리가 삐삐 들려왔다. 곧 현관문이 열렸다. 아빠였다. 아빠는 수염이 덥수룩하게 난 얼굴로 앙드레를 안고 가방 하나를 끌고 집으로 터벅터벅 들어왔다. 앙드레는 집으로 오자마자 아빠 품에서 폴짝 뛰어내려 나를 보며 야옹 하고 울었다. 아빠랑 같이 굶었는지 어쨌는지 앙드레 꼴도 말이 아니었다. 아빠는 내게 다가오더니 눈시울을 붉히며 내 머리를 쓱쓱 쓰다듬었다.

"준식아, 미안하다. 아빠가 너무 힘든 일이 있어서 엄마랑 싸우고 홧김에 잠깐 나갔던 거야."

"그런 사람이 다신 찾지 말라고 쪽지를 쓰나!"

"홧김이었다니까."

아빠가 미안해서 어쩔 줄 몰라 하며 나를 쳐다보았다.

"그건 그렇고 집에 잘 있는 앙드레는 왜 데려간 거야?"

나는 괜히 얼굴을 돌리며 앙드레 얘기만 물었다.

"그게, 나간 지 하루가 지나니까 너랑 엄마가 너무 보고 싶어서 가게 옆을 기웃거리는데 앙드레가 있더라고. 나를 보더니 반갑게 안기는데 애라도 있으면 위안이 될 것 같더라."

하루도 안 가 우리가 보고 싶을 거였으면서 뭐 하러 집은 나갔담. 나를 쓰다듬던 아빠의 손을 두 손으로 꼭 잡았다. 그리고는 뚫어지게 아빠를 쳐다보며 단호하게 다짐을 받아 냈다.

"이제 다시는 집 나가지 마! 또 가출하기만 해 봐. 아빠 늙으면 복수해 줄 거야!"

"알았어, 그런 일 앞으로는 없을 거야. 그런데 엄마는?"

나는 손을 들어 안방을 가리켰다. 아빠는 가만히 안방 문을 열고 들어가더니 한참을 엄마랑 조용히 이야기를 나눴다. 가끔 엄마가 우는 소리가 문밖으로 흘러나왔다. 다행히 싸우는 소리는 들리지 않았다.

잠에서 깨 보니 아빠가 돌아와 긴장이 풀렸는지 엄마는 아직 자고 있었다. 아빠는 가게에 나갔는지 아래층에서 작은 음악 소리도 들리고 오랜만에 사람들이 북적거리는 소리도 들렸다. 나는 살며시 발소리를 누르며 창고 방으로 들어갔다. 그러고는 베란다를 열어 보았다. 상자가 놓여 있던 자리는 이미 비어 있었다. 아마 내가 학교 간 사이 엄마가 치운 것 같았다. 짐작은 했지만 막상 비어 있는 것을 보니 마음이 쓸쓸해졌다. 물론 엄마 마음을 모르는 게 아니었지만 그 옷을 한 번만 더 만져 보고 싶었다. 나는 방으로 가 품에서 사진을 다시 꺼내 보았다. 다정한 가족사진. 이거라도 있어서 정말 다행이다. 한참 사진을 보다가 대충 씻고 내려가 가게 문을 열고 들어갔다. 진이가 나를 보더니 쪼르르 달려왔다.

"통통이 밥 먹었니?"

반가운 목소리였다. 진이는 우리 엄마 못지않게 내 살들을 좋아한다. 북에서 내려온 지 꽤 됐는데도 아직까지 기름지고 살찐 게 보기 좋다고 생각하는 것 같다.

"내가 그랬지. 통통이라고 하지 말라고. 자꾸 그러면 듣는 통통이 화난다니까."

"간나, 뭘 그렇게 통통거리니. 배고파서 살가죽이 뼈에 달라붙은 걸 봐야 네가 통통한 게 얼마나 행복한 건지 알갔니?"

진이는 얄미운 눈꼬리를 살짝 내리며 작게 웃었다.

"네가 자꾸 사투리도 안 고치고 이상한 걸 좋아하니까 아직까지 남자 친구가 없는 거야. 그건 그렇고 저번에 준 문제지는 괜찮아?"

나는 진이를 살짝 흘겨보다가 생각난 듯 물었다.

"걱정 마, 나 이제 필요할 때 서울말 잘하거든요. 그리고 네가 준 문제지는 뭔 소리를 하는지 하나도 못 알아먹겠어. 좀 더 쉬운 거로 줘."

진이도 잘됐다는 듯이 테이블을 닦으며 얘기했다.

"그럼 중학교 1학년 거밖에 없다니까."

"어쩌겠니, 실력이 안 되는 걸. 그것부터라도 봐야지."

진이는 나랑 동갑이지만 혼자 공부하면서 우리 집에서 서빙을 한다. 가끔 보면 나보다 어른 같고 생활력이 강해서 깜짝 놀랄 때가 있다. 창밖을 쳐다보고 있는데 가게 문이 열리며 엄마가 들어왔다. 엄마는 나를 보더니 하품을 하며 카운터에 앉았다.

"밥 먹었어? 안 먹었으면 오랜만에 엄마랑 짬짜면 세트 먹을까?"

나는 고개를 흔들며 자리에서 일어났다.

"그거 갖고 안 돼. 엄마랑 아빠 때문에 그동안 내가 얼마나 살이 빠졌는데, 거기에 라조기까지 얹어서 먹자."

엄마가 마음에 드는 듯 씩 웃으며 주방에 소리쳤다.

"짬짜 곱빼기 세트 둘에 라조기 곱빼기!"

아빠가 주방에서 달려나오며 투덜거렸다.

"살 보충 좀 그만하지. 둘 다 내 덕분에 빠져서 보기도 더 좋구만."

순간 엄마가 아빠를 보고 소리쳤다.

"그건 두 번 다시 하지 마. 또 그럼 우리 집 풍비박산 날 줄 알아."

"맞아! 나랑 엄마는 그냥 이대로 포동포동할 테니까. 다시는 그런 소리 하지 마!"

나는 큰소리로 엄마 편을 들었다. 오랜만에 가족이 신나게 웃으며 아침을 먹었다.

D-0

언제 그랬나 싶게 엄마와 아빠는 전처럼 사이좋은 부부가 됐다. 다행이다. 나 때문에 엄마가 상처받지 않아도 돼서. 사실 아직도 잘 모르겠다. 나는 정말 이 문제를 해결할 자신이 없다. 아마 어른이 되어도 달라지는 건 없을 거다. 문제의 답은 찾을 수 없을 것이며 나는 겉보기에 아무 문제없이 속 좋은 놈처럼 보일 거다. 그게 나를 키워 준 형과 형수를 위해 내가 할 수 있는 일이다. 속이 곪아서 터져도 이 비밀을 형과 형수가 지키는 한 함께 지켜야 한다. 나는 품에서 사진을 꺼냈다. 그리고 사진 속의 두 사람을 쓰다듬었다.

"할아버지, 할머니. 아니, 아빠 엄마 미안해요. 두 분은 나 이해하죠? 어쩔 수 없었어요. 아마 형은 나를 속이고 있는 게 너무 미안해서 괴로웠나 봐. 그래서 얘기하자고 했다가 형수가 싫다고 하니까 가출까지 한 것 같아. 항상 아빠 엄마 얘기 나올 때마다 형하고 형수 표정이 이상했는데, 내 눈치를 보느라 그런 거였어. 형이 하자는 대로 하면 형수가 너무 안됐잖아요. 동생이라도 있으면 편하게 얘기할 수 있겠지만 형수는 아이도 가질 수 없대요. 전에 나라도 낳아서 다행이라고 그랬는데, 그 말도 괜히 했어. 형수 마음이 얼마나 아팠겠어요. 그러니까 나라도 아들로 남아 있어 줘야죠. 나는 진짜 상관없는데 형수는 내가 자기랑 피 한 방울 안 섞인 걸 내가 알게 되는 게 너무 두렵고 싫은가 봐. 형수는 정말 착해요. 나랑 자기랑 뚱뚱한 게 닮

왔다고 너무 행복해해. 다른 건 닮은 곳이 하나도 없으니 그거
라도 닮은 게 좋은가 봐요."

　나는 사진을 뒤집어 아빠가 쓴 따뜻한 글자들을 만지작거렸
다. 내가 연필로 연하게 칠해서 드러난 글자까지도 함께.

　'사랑하는 나의 아들들.'

텐텐텐
클럽

가난은 잘 지어진 옷이다. 이 동네 사람이라면 누구나 한 벌씩 갖고 있다. 얼마나 촘촘하게 잘 짜였는지 희망 한 올 새어들 틈도 없다. 대부분은 평생 입어도 닳지 않는 이 옷을 자식들에게 물려준다. 물려줄 게 없어서 가난을 물려준다. 나도 별반 다르지 않다. 아버지에게 마치 어제 해 입은 새 옷 같은 가난을 물려받았다. 입자마자 몸에 딱 달라붙는 불쾌감. 너무나 익숙해서 내 몸같이 초라한 이 생활을 물려받았다. 아버지에게 고마운 게 있다면 딱 하나! 내 옆에 수미 누나를 남겨 두었다는 것이다. 수미 누나는 휴일의 오후다. 한없이 나른하고 게을러도 괜찮다고 허락받은 유일한 공간이다.

또 발가락으로 못 하는 게 없는 사람이다. 엄지와 검지 발가락 사이에 얇은 면 이불이 끼어서 흔들거린다. 다리를 치켜올린 모습이 영락없는 발레리나다.

"오 분만 더 잘게."

누나의 발가락 사이에서 이불을 빼내 다시 뒤집어썼다.

"이 발가락이 다음에는 너를 꼬집을 생각인데, 그냥 일어날래, 꼬집히고 일어날래?"

"아~ 내버려 둬. 새벽에 신문 돌리느라 수고했다는 말은 바라지도 않으니까, 내 단잠 좀 충전하자. 이러다 방전돼서 수업 시간에 곯아떨어지면 누나가 책임질 겨?"

"도대체 몇 번을 더 말해야 그놈의 신문을 그만 돌릴래. 내가 언제 너보고 돈 벌어 오라고 했어? 고3이 그런 걸 한다는 게 말이나 돼? 왜 그렇게 속을 썩여. 너 때문에 내가 늙는다, 늙어."

누나의 발가락이 내 옆구리를 조준했다. 아무래도 아침의 단잠 충전은 그른 것 같다.

"걱정 마, 내가 다 알아서 하니까. 아휴, 내가 일어나고 말지. 귀 막고 자려고 해도 누나 잔소리가 잠 속까지 쳐들어온다. 밥이나 줘."

"밥은 벌써 차려 놨어. 씻기나 해. 오늘 야근이니까, 기다리지 말고 먼저 저녁 먹어. 그럼 나부터 출근한다."

누나는 오늘도 맨발이다. 아빠가 우리 곁을 떠난 후 오 년 동안 누나는 맨발이었다. 영하 15도가 넘는 추운 날씨에도 색 바랜 청바지에 운동화, 그리고 그 속의 맨발. 불굴의 의지로 지켜낸 스타일이다. 멋 좀 부리라고 해도 소용없다. 말로는 내가 좋은 대학 가면 멋도 부리고 양말도 신는다고 하지만 누나가 저러는 게 나 때문이 아니라는 것은 이미 알고 있다. 누나는 멋 따위는 부리고 싶지 않은 거다.

자주 새벽에 일어나 냉장고에서 꺼낸 물 한 통을 단번에 벌컥거리며 마시는 것도, 그러다 이불을 뒤집어쓰고 혼자서 흐느껴 우는 것도, 뜨거운 국물을 못 먹게 된 것도, 모두 아빠가 떠난 후부터였다. 처음 누나가 양말을 벗었던 때가 생생하게 기억난다. 밤새 울어 충혈되고 부은 눈으로 출근 준비를 하던 누나는 한참을 양말만 바라보더니 벗어 버렸다. 그리고 시원하다는 듯 일어났다. 누나에게 아빠는 다른 사람에게 들키고 싶지 않은 슬픔이다. 그 다른 사람에는 나도 포함됐다. 겉으론 태연한 척하며 안으로만 삭이더니 누나의 온몸은 곧 슬픔으로 꽉 차 버렸다. 그 슬픔은 굉장히 뜨거운 것이다. 다른 건 벗을 수 없으니 양말이라도 벗게 된 건 당연할지도 모른다.

모두 다 아빠 책임이다. 하지만 아빠는 없다. 그러니 그 아들인 나라도 책임을 져야지. 나는 가난과 함께 누나를 지켜야 하는 책임도 물려받았다! 하지만 현실의 나는 너무나 무능하다. 얼른 대학을 나와서 번듯한 직업을 갖고 싶다. 그때까지 모든 건 비밀이다. 아직까지 누나에게 나는 사랑하던 사람이 남기고 간 한 톨의 씨앗일 뿐이다. 그 씨앗이 제대로 크도록 지켜 줘야 한다는 게 누나의 지론이다. 한마디로 당분간 난 누나의 앞길을 막는 커다란 짐일 뿐이다.

특별한 날이란 참 좋은 거다. 보급소 소장님과 나만의 비밀까지는 아니지만 어쨌든 오늘은 월급날이다. 다달이 받으면 조금씩 써 버릴까 봐 한 번에 묶어서 달라고 하기를 잘했다. 새벽마다 백 부씩 꼬박 다섯 달 동안 신문을 돌려 번 돈이다. 마음 같아선 계속 일하고 싶지만 누나의 잔소리도 귀에 딱지가 앉을 지경이고 슬슬 수능 준비도 본격적으로 해야 하니 이 정도로 만족해야 할 것 같다. 샘님 싱크로율 백 퍼센트를 자랑하는 수학 꼰대가 외치는 지겨운 공식들도 노랫소리처럼 들린다. 뭘 사 줘야 잘했다고 소문이 날까? 일단 원피스 한 벌? 아니면 구두? 역시 현금이 제일 좋을까? 우~ 그건 진짜 분위기 깨는데……. 사실 진짜 사 주고 싶은 건 따로 있다. 누나의 작은 발에 딱 맞는 튼튼한 양말! 365개는 사 주고 싶다. 언젠가 슬픔이 다 빠져나가 버리면 누나의 속은 텅 비어 버릴 거다. 있는 힘껏 열을 뿜어냈으니 뜨거웠던 만큼 비어 버린 속도 시리겠지. 몇 년을 맨살로 혹사당한 발은 말할 것도 없고. 그래서 그 발을 매일매일 따뜻하게 감싸 줄 양말을 사 주고 싶다. 하지만 아직까지는 이른 생각이겠지? 뭘 사든 꽃 한 다발은 꼭 같이 사야지. 꽃가게에서 생뚱맞게 꽃을 고를 내 모습을 생각하면 벌써부터 얼굴이 벌게지지만 그래도 여자에게 꽃만 한 위로는 없으니까, 내가 희생하지 뭐!

누가 이렇게 절제미 없이 가방을 있는 힘껏 당기는 거야? 돌아보니 콧김을 씩씩 뿜으며 날 바라보는 건 오늘도 혈기 왕성한 만리장성 후계자님이시다.

"야, 게임 한판 하러 가자. 학교 앞에 새로 생긴 피시방 알바가 완전 쭉쭉 빵빵이래!"

"넌 내가 그렇게 한가해 보이냐? 오늘 이 몸은 매우 바쁘시니 다른 한가한 녀석이나 물색해 봐."

"야아~ 그러지 말고, 같이 가 주라. 근방 1킬로미터 이내에는 대적할 얼굴이 없다는 소문이다. 안구나 정화할 겸 함께 동행해 주게, 친구!"

하여간 준식이 이 녀석 넉살 하나는 좋다니까.

"너 언제까지 그렇게 외모만 탐할래? 그렇게 외모가 좋으면 너부터 외모 좀 업그레이드하지. 일단 그 기름과 돼지고기의 축복으로부터 벗어나야 하지 않겠어? 쭉쭉 빵빵과 출렁출렁 둥글둥글이 어울리기나 해?"

"우리 집이 자장면집인데 그게 맘대로 되냐, 고개만 돌리면 구수한 기름과 돼지고기의 축복이 날 기다리고 있는데. 걱정 마라! 남자는 외모보다는 능력이거든. 두고 봐. 학교만 졸업하면 십 년 안에 자장면 갑부가 돼 줄 테니. 갑부에게는 언제나 최고의 미인이 따르는 법. 그때 가서 부러워나 하지 마시지."

"그렇게 예쁜 게 좋아? 여자가 요물인 거냐? 네가 미물인 거냐? 아무리 쌈박한들, 일 년 지나면 다 똑같은 얼굴이야. 여자는 자고로 그 깊은 속을 봐야 하는 법! 우리 준식이 언제 어른 될래, 쯧쯧."

"그래야 하는 게 어른이라면 난 평생 어른 안 할란다."

커다란 배를 두드리며 자신감 있게 내뱉은 준식이의 말은 처음 수미 누나를 만나고 내가 아빠에게 했던 말이다. 벌써 칠

년이 된 묵은 말을 들으니 새삼 웃음이 난다.

굵은 무 다리에 둥그런 얼굴, 짧은 팔. 그 와중에 누구한테 잘 보이고 싶어 입은 게 분명한 청치마만이 그나마 누나가 여자란 걸 증명해 주고 있었다. 처음에는 어떤 처녀가 단칸방에 사는 애 딸린 홀아비랑 결혼하겠다는 건지 이해할 수 없었지만 누나의 얼굴을 보는 순간, 그 모든 아빠의 악조건이 한방에 케이오되는 소리가 들리는 듯했다.

"진아, 누나는 발목이 제일 예쁘다. 가늘어서 똑 부러질 거 같지 않냐?"

"종아리에 알이 남들 두 배로 굵게 박혔으니 발목이 가늘어 보이는 건 당연한 거 아냐?"

고작 예쁜 구석이라고 찾아낸 게 발목이라니. 어이가 없어서 아빠의 말에 일부러 딴죽을 걸었었다. 아빠는 당황스러운지 코만 만지작거렸다. 하지만 정작 기분 나빠 해야 할 수미 누나는 내 어깨를 치며 가게가 울릴 정도로 시원하게 웃기 시작했다.

"오빠, 얘 누구 닮아서 이렇게 걸작이야? 오빠는 하나도 안 닮은 거 같다. 앞으로 재밌겠어. 기대되는걸."

집으로 오늘 길에 아빠가 내 머리를 쓰다듬으며 아이스크림 하나를 사 줬다.

"진아, 여자는 인물이 다가 아니다. 저 깊은 속을 볼 줄 알아야지. 그래야 진짜 어른이 되는 거야."

"그런 어른이라면 평생 안 되어도 좋아."

의기양양하게 큰소리쳤었다. 그때는 그랬다. 수미 누나가 얼마나 예쁜 사람인지는 같이 살아 보고 나서야 알게 되었다.

아빠, 서른둘. 누나, 스물둘. 나, 열둘. 우리는 텐텐텐 클럽이었다. 에누리 없이 열 살씩 차이가 나는 우리가 가족이 된 건 운명이었다고 누나는 틈만 나면 얘기했다. 아빠는 나를 스물하나에 낳았다. 이른 나이였다. 엄마가 너무 좋아서 누구한테 뺏길까 봐 고등학교를 졸업하자마자 결혼했다고 했다. 엄마가 떠났을 때 서로 너무 좋아하니까 동티가 난 거라고 할머니는 울면서 가슴을 쳤다. 그럼 아빠와 누나도 서로 너무 좋아서 동티가 났던 걸까?

텐텐텐 클럽에서 서로를 부르는 호칭은 한마디로 부조리의 조화라고나 할까. 쉽게 말하면 콩가루였다. 누나는 아빠에게 오빠라고 했고, 나는 누나에게 그냥 누나라고 했다. 솔직히 열 살 차이 나는 엄마는 좀 아니라는 생각이 들었다. 그렇게 되니 남들이 처음 볼 때 우리가 어떻게 보일지는 뻔한 거였다. 아빠랑 누나는 속 모르는 남들이 콩가루 집안이라고 쑤군거리면, 콩가루치고 이렇게 고소한 콩가루는 없을 거라며 오히려 즐기는 거처럼 보였다.

퍼런 셀로판지가 다닥다닥 붙은 문을 열고 보급소 안으로 들어갔다. 소장님은 한참 서랍 주변을 더듬거리더니 월급봉투를 꺼내 건넸다. 그만두는 게 서운한지 아르바이트가 필요하면 언제든지 다시 오라고 내 손을 붙잡고 몇 번이나 같은 말을 반복했다. 하긴 나같이 착실한 학생이 흔한가. 5개월 동안 하루도 빠지지 않고 지각 한 번 안 하고 일했으니 놓치고 싶진 않겠지. 봉투를 살짝 열어 봤더니 빳빳한 지폐들이 나란히 들어 있었다. 꺼내서 한 장 한 장 세어 봤다. 텐텐텐 클럽에 어울리는 숫자였다.

결국 산 건 삼겹살 세 근과 꽃 한 다발이었다. 아무리 좋은 옷을 사 준다 해도 누나는 입지 않을 테니 그냥 목구멍에 때나 벗기자는 생각이 들었다. 남은 돈은 봉투에 그대로 담아 꽃다발 사이에 끼워 뒀다. 누나가 오기 전에 집 청소도 좀 해 놓고 빨래 몇 개 나온 것도 손으로 주물럭거려 널었다. 냉장고를 뒤져 양파 하나를 꺼내 된장찌개도 끓이고 상도 닦아서 마루에 내놓았다. 간단한 청소나 요리는 가끔 분담해서 했지만 고3이 되면서 그마저도 누나가 못 하게 했다. 자기도 회사 일로 힘들면서 참 미련하다니까……

"진아! 이게 다 뭐야?"

누나는 운동화를 벗기도 전에 마루에 차려진 상을 보고 나부터 불렀다.

"공부하랴, 아르바이트하랴 힘들어서 체력 좀 업그레이드하려고 돈 좀 썼지. 된장찌개도 내가 끓였다. 먹어 봐! 후회하지 않을 테니까."

"네가 돈이 어딨어? 먹고 싶으면 말을 하지. 고3이 시간이 남아돌아? 이럴 시간에 영어 단어라도 하나 더 외워. 하여간 어긋난 돼지 발톱이라니까. 시키는 대로 하면 턱밑에 뿔이 돋을까 봐 걱정이지?"

"잔소리는 적립 카드에 포인트로 쌓아 두고 손 씻고 이리 와서 앉아 봐. 찌개 데워 올게."

"하여간 말은 잘한다니까. 어떻게 새색시보다 부끄럼 많고 말수 적은 오빠한테서 너 같은 아들이 나왔냐? 아무리 봐도 오빠보다는 날 닮았단 말이지."

누나가 손 씻고 옷을 갈아입는 동안 데운 찌개를 삼발이에
올리고 밥을 펐다. 솔솔 올라오는 하얀 김이 먹음직스럽게 보
였다. 역시 난 못하는 게 없다니까. 공부 빼곤 다 잘해!

"이걸 다 잘나신 우리 아드님이 하셨단 말이지? 어디 한번
먹어 볼까?"

"아아~ 잠깐, 고기 익을 때까지 기다려 봐."

그러고는 방에 들어가서 꽃다발을 들고나와 고기를 뒤적이
는 누나에게 건넸다.

"이게 뭐야? 오늘 내 생일도 아닌데? 어, 꽃 사이에 이건 또
뭐야? 나한테 편지 썼냐?"

봉투를 열어 본 누나는 지폐 뭉치를 꺼내더니 나와 지폐를
번갈아 쳐다보았다.

"지금 이건 무슨 시추에이션?"

나는 조금 쑥스러워 주머니에 손을 넣은 채 차려 논 밥상을
쳐다봤다.

"오늘 그동안 아르바이트한 돈 한 번에 다 받았거든. 처음
번 돈이니까 누나한테 주는 게 맞는 거 같아서. 고기랑 꽃 산
거 빼고 다 넣었어."

누나는 생각지도 못한 선물을 받은 표정으로 장난스럽게 봉투와 꽃다발을 꼭 껴안았다.

"돈 받으면 다 써 버리는 줄 알았더니 이런 깜찍한 효도를 하네. 완전 감동이다. 이건 내가 통장으로 만들어서 나중에 대학 들어가면 줄게. 어떻게 네가 잠잘 시간 쪼개 가며 새벽마다 힘들게 번 돈을 내가 꿀꺽하겠니."

역시 누나는 내 예상을 빗나가지 않는다. 이럴 땐 좀 빗나가 주는 게 고마운데 말이다.

"아, 내가 이럴 줄 알았어. 그 돈은 누나 쓰라고 주는 거야. 내 생각하지 말고 누나 먹고 싶은 거, 입고 싶은 거에 쓰란 말야. 그렇게 하려고 번 돈이야. 그리고 아르바이트 그만뒀으니까 걱정하지 마. 이제부터는 공부 열심히 할 테니."

일부러 힘을 줘 소리치는 나를 쳐다보며 누나는 씩 웃고는 찌개를 한입 떠먹었다.

"내가 알아서 할 테니까 너나 내 걱정 마. 너한테 쓰는 게 나를 위해 쓰는 거야. 어쨌든 아르바이트 그만뒀다니까 속이 다 시원하다. 야! 이 찌개 진짜 맛있다. 삼겹살이 찌개 앞에서 기를 못 펴네."

"그치? 내가 한 음식 한다니까. 난 누굴 닮아서 이렇게 잘난 거야."

"날 닮았다니까 그러네."

아~ 얼굴까지 닮았다는 말은 안 해서 진심으로 다행이다.

누나가 파마를 하고 들어왔다. 쉬는 날이라고 아침 일찍 나가더니 머리가 보글보글해졌다.

"모닝 파마 하면 더 싸다더니, 일요일이라고 안 된다는 건 또 뭐야? 괜히 새벽같이 일어나서 나갔네. 아, 돈 아까워."

누나는 투덜거리며 주머니의 동전을 꺼내 돼지 저금통에 넣었다.

"웬 파마? 왜 안 하던 짓을 하고 그래. 돈 아깝다고 두 달에 한 번 머리 다듬으러 미용실 가는 것도 짜증 냈으면서, 무슨 바람이 불었어?"

"나도 이제 나이가 드는지 생머리 소화가 힘들다. 어때?"

둥그런 얼굴에 보글보글한 파마가 꼭 찐빵에 양배추 씌워 놓은 거 같다고 어떻게 말하겠어.

"어떻긴, 누나가 언제 인물로 승부하던 사람이야? 오십보백보, 호박에 줄 긋기지."

"너 그동안 심심했지? 오랜만에 발가락으로 한번 꼬집혀 볼

테냐."

말이 끝나기가 무섭게 발가락을 치켜든 누나가 내 허벅지를
공격해 왔다.

"어어~ 알았어. 예뻐, 예뻐. 그러니까 머리도 한 김에 앞으로
화장도 좀 하고 그래. 솔직히 호박에 줄이라도 그어야 수박이
라고 속여 보기라도 하지. 안 그래?"

결국 나의 반짝거리는 위트는 허벅지와 팔뚝을 꼬집히며 진
압당했다. 언제쯤 나의 위트가 진가를 발휘하며 멋지게 인정받
을까?

아무래도 보통 일이 아니다. 말이 씨가 된다더니. 내 말의 위
력이 이렇게 센 줄은 예전엔 미처 몰랐었네. 누나가 화장을 하
고 있다. 이건 정말로 토끼가 스노보드 탈 노릇이다.

"도둑질도 하던 놈이 한다고, 영 어색하고 얼굴에 기름 바른
거처럼 찝찝하다."

"그럴 수밖에! 한 번이라도 화장이란 걸 제대로 해 본 적이
없잖아. 아빠가 첨 만날 때 사 줬다는 립스틱, 아직 누나 서랍
속에서 개시도 안 하고 있잖아."

"아니야. 몇 번 썼어. 결혼사진 찍을 때도 그거 발랐단 말이

야."

"아, 네~ 그 화장하기 싫다고 도망가다가 붙잡혀 와 억지 춘향으로 바른 거 말이죠."

"내가 언제 그랬어!"

누나는 애써 외면하면서 눈썹을 그리고 있다. 그 짙고 검은 일자 눈썹에 열심히 덧칠을 했다.

"화장발로 팔자 고친 수많은 여자들한테 누나는 부끄럽지도 않아? 누나가 코 팔 때 그 여자들은 마사지하고 누나가 지금 그 짙고 두꺼운 일자 눈썹을 자랑스럽게 덧칠할 때 그 여자들은 팔자 주름에 보톡스 맞고 눈썹부터 다듬을 거라고."

"야, 넌 어떻게 여자인 나보다 그런 걸 그렇게 잘 아냐? 너 성 정체성에 문제 있는 거 아냐?"

"요즘 그런 건 기본이거든요! 누나가 구석기에 살고 있는 거야. 그 눈썹 좀 그만 칠해. 아주 눈썹 사이가 붙겠다. 먼저 다듬기라도 해야지. 뭐 하는 짓이야. 진하다 못해 용맹스러워 보이잖아. 소라도 잡을 거처럼 보인다고."

내 말에 거울을 쳐다보던 누나는 결국 휴지를 둘둘 말아 찢더니 거기에 침을 발라 눈썹을 쓱쓱 지운다. 으으~ 누나는 이런 사람이다. 진짜 누가 누나 좀 말려 줬으면. 제대로 지워지지도 않고 다 번지잖아.

"이거 왜 이렇게 안 지워져. 짜증 나게, 세수해야 지워지겠다."

세수하는 소리도 우렁차다. 얼마나 씩씩하게 얼굴을 문지르는지 주변에 물 튕기는 건 옵션이다. 참 장군감인데. 시대를 잘못 택해서 태어났다니까. 아빠 말고 누가 또 누나를 구제해 주겠어. 평생 내가 모시고 살아야지.

분명한 사실은 누나에게 뭔가 새로운 일이 생겼다는 것이다. 파마를 하고 왔을 때 알아봐야 했는데. 아니 그 일자 눈썹을 시커멓게 칠할 때라도 알아봤어야 했다. 딱 꼬집어 말할 순 없지만 뭔가가 있다. 퇴근 시간이 한 시간 정도씩 늦춰졌고 가끔 그 되지 않는 화장을 하려고 노력한다. 물론 눈썹도 혼자서 낑낑거리며 다듬었다. 뭐, 거의 이발 수준이었다. 그런 것치곤 그런대로 견딜 만하게 다듬어져서 일자 눈썹에서 벗어나게 되었다. 새벽에 물 먹는 횟수도 눈에 띌 만큼 줄어들었다.

이 모든 상황을 종합해 볼 때 누나는 분명 남자가 생긴 거다! 누나가 입고 다니는 청바지들이 내가 모르는 명품 청바지였나? 아니면 숨겨 둔 재산이 있나? 그도 아니면 장군감이 취향인 변태? 어쨌든 지금으로선 내가 추측할 수 없는 뭔가를 이유로 누나가 돈이 많을 거라고 착각한 남자가 누나에게 흑심을 품었을 확률이 제일 높다. 아빠가 떠난 지도 벌써 오 년이다. 만나서 같이 산 세월보다 두 배는 더 많은 시간이다. 그사이 내키는 20센티미터가 넘게 자랐다. 뭐, 아빠에 대한 의리가 없는 것은 아니지만 누나는 이제 겨우 스물아홉이다. 그런 누나가 아빠만 생각하면서 수절한다면 그건 또 누나에 대한 의리가 아닌 거 같다. 그건 아마 아빠도 인정할 거다. 하지만 우리 아빠처럼 특이한 취향이 세상에 또 있단 말이야? 누나가 얼마나 좋은 사람인지는 말할 필요도 없다. 그렇지만 정말이지 누나의 외모는 마니아 취향이다. 그 외모를 뚫고 들어가 누나의 진짜를 볼 수 있는 사람은 아빠와 나 정도일 거라 생각했는데. 오죽하면 내가 평생 책임질 생각을 했겠어. 이건 정말이지 허를 찔린 기분이다. 내가 물어보면 누나는 고3인 내가 신경 쓸까 봐 제대로 말도 안 할 게 뻔하다. 그렇다면 남은 길은 하나! 뒤를 밟는 수밖에……. 누나의 회사는 어딘지 아니까 퇴근 시간에 맞춰 근처를 배회하다가 뒤를 따라가는 게 제일 좋을 것 같다. 내일부터 작전 개시다. 이상한 놈이기만 해 봐. 아주 그냥 물어 뜯어 버리겠어!

저녁이 되니 더 쌀쌀한 것 같다. 몇 분만 지나면 퇴근 시간이다. 긴장을 하니까 오줌도 마렵다. 팔뚝에 닭살이 파르르 돋는다. 벌써 일주일째 허탕이다. 아무래도 내가 헛다리를 짚었나? 며칠만 더 해 보고 관둬야겠다. 하여간 이게 웬 첩보 영화냐고. 고3이 이래도 되는 거야? 누나가 나 때문에 늙는 게 아니라 내가 누나 때문에 늙는다.

회사 건물에서 누나가 나왔다. 휴대폰을 꺼내 보더니 버스 정류장으로 걸어갔다. 나는 모자를 눌러쓰고 조심스럽게 누나를 따라가기 시작했다. 집으로 가는 버스가 왔는데도 타지 않고 그대로 정류장 의자에 앉아 있는 게 누구를 기다리는 것 같다. 한 오 분쯤 지나니 남자 하나가 누나 옆으로 다가가 앉았다. 둘은 한참을 얘기하더니 집으로 가는 버스에 나란히 올라 탔다. 어어~ 어쩌지. 나는 서둘러 뒤에 오는 택시를 잡아타고 아저씨에게 외쳤다.

"아저씨 앞에 가는 버스 놓치면 안 돼요!"

아저씨가 백미러를 통해 나를 쳐다봤다. 이해할 수 없다는 표정이다. 그렇다고 그렇게 노골적으로 쳐다볼 건 없잖아요. 둘은 집보다 두 정거장 앞에서 내렸다. 나도 따라 잽싸게 내렸다. 물론 잔돈은 꼼꼼히 챙겨 받았다. 바빠도 할 건 하자는 게 내 신조니까.

작은 키에 평범하게 생긴 남자다. 아무리 봐도 변태 마니아 같지는 않다. 그렇다면 있지도 않은 누나의 돈을 노리는 놈이란 걸까? 둘이 손을 잡는다. 내 이럴 줄 알았다니까. 결정적 현장 증거 확보다. 휴대폰을 꺼내 찍어서 저장했다. 다 큰 어른들이 유치하게 길거리에서 손이나 잡고 걷다니. 뭐가 좋다고 저렇게 웃는 거야? 일부러 손잡고 걷고 싶어서 두 정거장이나 일찍 내렸다 이거지. 둘은 동네 입구에서 붕어빵 한 봉지를 샀다. 저기는 내가 제일 좋아하는 붕어빵집인데. 왠지 배신감이 스멀스멀 올라온다. 앞으로 내가 저 집 붕어빵을 먹나 봐라. 누나가 집으로 올라가는 골목에 있는 놀이터로 들어갔다. 남자도 붕어빵 봉지를 들고 따라 들어갔다. 둘은 놀이터 구석에 있는 벤치로 가 앉았다. 남자가 손수건을 꺼내서 누나의 엉덩이 밑에 깔아 줬다. 저거 뭐야? 완전 선수잖아. 아무래도 안 되겠다. 놀이터 밖으로 걸어가 누나가 앉은 벤치 옆쪽으로 가서 쪼그려 앉았다. 둘이 뭐 하는지도 잘 보이고 소리도 그럭저럭 들리는 자리다.

"이렇게 집으로 가기 전에 잠깐씩 만나서 얘기하는 것도 좋아요."

152

남자가 깍지 낀 양손을 자기 무릎 위에 올려놓았다. 저음의 목소리가 제법 믿음직스럽게 들렸다.

"괜히 저 때문에 죄송해요. 아들이 고3이라 길게 시간을 뺄수가 없네요."

저건 웬 코맹맹이? 장군처럼 우렁찬 목소리는 어쩌고, 개미 간지럼 태우는 소리를 하는 거야. 설마 아빠랑 처음 만났을 때도 저런 건 아니겠지?

"아, 전에 말씀하셨던 그 아이 말이군요. 저도 얼른 만나 보고 싶네요. 어떻게 생판 남인 열 살 차이밖에 안 나는 애를 키울 생각을 하셨는지…… 수미 씨, 정말 존경스럽습니다."

기분이 이상했다. 한 번도 남의 시선이나 말에 신경 쓴 적이 없었는데, 지금 이 기분은 뭘까? 남한테 우리는 그렇게 보였던 걸까? 누나는 생판 남을 키우는 거룩한 아가씨고 나는 동정이나 받는 그런 불쌍한 존재가 됐나? 그렇다면 저 둘이 혹시라도 결혼하면 나는 어디로 가야 하는 걸까? 순간 누나의 코맹맹이 소리가 다시 우렁찬 장군 목소리로 돌아왔다.

"그게 무슨 말씀이세요. 진이는 제 아들입니다. 아무래도 제가 뭔가 제대로 말씀을 드리지 못한 거 같네요."

남자가 놀란 듯 허둥거리며 이마를 만져 댔다.

"수미 씨, 제가 생각이 짧았어요. 죄송합니다. 오해는 말아 주십시오. 수미 씨가 저보다 나이는 어리지만 존경하고 있어요. 처음 만났을 때 아들 얘기부터 하셨죠? 솔직히 저 같은 속물은 믿기지 않을 만큼 놀랐습니다. 며칠 동안 고민도 했고요. 하지만 제가 내린 결론은 그래도 수미 씨가 좋다는 거였어요. 아니 '그래도'가 아니라 '더욱더'가 맞겠네요. 언제나 씩씩하고 유쾌한 수미 씨가 좋습니다. 수미 씨 아들도 기꺼이 함께 가고 싶습니다."

"……제가 너무 흥분했었나 봐요. 죄송해요. 그리고 고맙고요. 저도 순길 씨가 참 좋아요. 하지만 진이 대학갈 때까진 그냥 이렇게 만나는 게 좋겠어요."

아! 삼류 드라마 대사 같은 말들이 왜 이렇게 감동적인 거야. 저 둘은 진짜 낯간지러워서 아무도 쓰지 않는 말들을 잘도 하네. 하긴 저렇게 둘 다 촌스러우니까 좋다고 만났겠지. 순길이라니 이름 참 구수하구나. 이름답게 순박한 사람인가 보다. 그건 그렇고, 아유, 바보 같은 누나야. 그럴 때는 좋다고 덥석 물어야지, 빼긴 왜 빼니. 이런 기회가 흔할 줄 알아? 그러다가 도망가면 어쩌려고! 그렇게 나한테 노후를 맡기고 싶은 거야?

시린 바람이 텅 빈 놀이터를 쉬지 않고 뛰어다녔다. 유치한 얘기를 해서 자기들도 부끄러운지 둘은 말없이 손만 잡고 앉아 있었다.

"하루 종일 서서 일해서 그런지 발이 부었나 봐요. 운동화가 터질 거 같아요."

누나가 운동화에서 발을 빼고는 다리를 앞으로 뻗어 올렸다. 맨발을 저렇게 올리면 어쩌자는 건지. 다 큰 여자가 창피하게 저게 뭐야. 그런데 누나의 순길 씨가 벤치에서 일어나 누나 앞에 앉았다. 그러더니 가만히 누나의 두 발을 잡았다. 당황한 누나가 바동거렸지만 누나의 순길 씨는 발을 꼭 쥐고는 놔주지 않았다. 한참 동안 실랑이가 이어지더니 이내 누나의 발이 얌전해졌다. 순길 씨가 자기 손바닥 위에 누나의 두 발을 올려놓았다. 환한 가로등 빛에 누나의 맨발이 오롯이 드러났다. 참 작고 예쁜 발이다.

"한 번도 수미 씨가 양말을 신은 걸 본 적이 없어요. 지난겨울에 갈빗집에서 밥 먹을 때 꽁꽁 얼어서 벌겋게 부은 맨발을 봤어요. 언제나 그게 마음 아팠어요.

누나의 순길 씨가 손바닥에 올려놓은 두 발을 감싸 쥐고는 자신의 가슴에 품었다. 고개 숙인 누나가 울기 시작했다. 말도 못 하고 울기만 했다. 부끄러운 줄도 모르고 엉엉 소리 내 계속……. 누나의 순길 씨는 미동도 않고 가만히 두 발을 껴안은 채 앉아 있었다.

이건 뭐지? 배에서 뜨거운 게 올라오더니 목구멍에서 흐느낌이 새어 나왔다. 내 눈에서도 눈물이 뚝뚝 떨어진다. 아! 진짜 누가 볼까 봐 걱정이다. 이 꼴을 누가 보기라도 해 봐! 여자는 맨발로 울고 있고 남자는 변태처럼 여자 발을 감싸 안고 있고 고딩 남학생은 훌쩍이며 그걸 훔쳐보고 있다니.

둘은 한참을 그러고 있더니 부끄러운 듯 벌떡 일어서서 놀이터 밖으로 나갔다. 나는 벤치로 가서 두 사람이 남긴 온기를 손으로 만져 보았다. 따뜻했다. 누나의 맨발이 마음 아픈 사람이라면 믿어도 좋겠지? 이제 내가 누나 양말을 걱정할 필요는 없을 거 같다. 당분간은 모른 척해 줘야겠다. 일단 내가 대학 들어갈 때까지는. 조금 반대하는 시늉이라도 해 볼까? 그게 둘을 더 애틋하게 만들어 줄 테니. 아! 역시 나는 센스쟁이다.

생각해 보니 나와 누나와 순길 씨는 피 한 방울 안 섞인 남이다. 그런 셋이 모여 가족이 되게 생겼으니 이것도 다 아빠 덕분이다. 나에게 누나를 남겨 주고 떠났을 때부터 아빠는 선견지

명이 있었던 걸까? 어쩐지 새로운 클럽이 결성된 기분이다. 물론 내 마음속에 원조 클럽은 텐텐텐 클럽 하나로 간직되겠지만 말이다. 그나저나 나는 누나의 순길 씨를 뭐라고 불러야 하지? 당분간 틈날 때마다 생각 좀 해 봐야겠다.

나를
찾아 줘

엄마가 집을 나간 지 이 주일이 지났다. 벌써 이 주일이라니, 뭔가 끌어안고 있던 작은 희망이 '펑' 터져 버린 기분이었다.

"머리숱도 별로 안 남은 그 벗어진 머리를 내밀었던 거야. 힐을 신은 발로 밟고 넘어갈 걸 알면서도 말이야."

엄마는 이주일을 무척이나 좋아했다. 의리가 있는 코미디언 이라고 했다. 이리에서 폭파 사고가 났을 때 가수 하춘화를 업고 뛰어서 구해 냈단다. 엄마는 이 말을 할 때마다 반짝반짝 눈에서 빛이 났다. 어쩌면 엄마도 누군가 이 힘든 생활에서 자신을 구해 주길 바랐던 것도 같다. 어릴 때부터 그냥 이주일이 좋았다. 이주일이 코미디를 하는 모습은 거의 본 적도 없고 아픈 모습만 봤지만 그래도 이주일이란 말은 나에게 의리와 행복의 상징이었다. 하지만 지금은 이주일도 없고 엄마는 집을 나갔다. 벽에 걸린 거울을 마주 보고 섰다. 이마를 깐 다음 콧

160

구멍에 힘을 주었다. 한쪽 입 끝을 올리고 어깨를 들썩이며 이 주일 흉내를 내 보았다.

"콩나물 팍팍 무쳤냐?"

하나도 웃기지 않았다. 하긴 팍팍 무칠 콩나물의 꽁다리 살 돈도 없다.

핸드폰을 들여다보는 게 습관이 됐다. 아무리 걸어도 엄마의 전화기는 꺼져 있으니 별수 없었다. 기초 생활 수급자에게 지원되는 핸드폰이라 창피해서 쓰지도 않았는데 지금은 그나마 핸드폰이라도 있어서 다행이란 생각뿐이었다. 문 쪽에서 작은 소리만 나도 반사적으로 고개가 움직였다. 혹시나 했지만 역시나 나를 부른 건 대부분 바람이었다. 바람은 기척도 없이 불쑥 나를 기대하게 했다. 그러나 고개를 돌릴 때마다 기대는 따뜻하게 덥혀졌다가 곧 냉정하게 식었다. 학교가 끝나고 집으로 달려오면 나를 기다리는 건 빈 방의 고요함뿐. 이제는 그 고요에 냉기까지 더해졌다. 오늘부터 가스가 끊겼으니까. 부엌을 뒤져서 버너를 찾아냈다. 안에 있는 가스통을 꺼내서 흔들어 보았다. 제법 묵직했다. 라면 몇 번은 끓여 먹을 수 있을 것 같았다. 부엌 한구석에는 엄마가 사다 놓고 간 라면 몇 박스가 차

곡차곡 쌓여 있다. 이게 엄마의 마지막 의리였을까? 문득 불기가 가신 찬방이 엄마가 매일 짓던 표정과 비슷하다는 생각이 들었다. 온기라고는 없던, 텅 빈 표정. 집을 나가기 하루 전, 설거지를 하다가 내뱉듯이 한 엄마의 말이 떠올랐다.

"이제 이 집에서 남길 만한 것이라곤 우리 아들 하나밖에 없네. 월세도 밀려서 얼마 되지도 않는 방 보증금도 다 까먹었는데, 우리 아들하고 뭘 해 먹고 사나?"

푸석푸석한 짧은 머리에 유난히 더 피곤해 보이던 얼굴을 그때는 왜 그렇게 아무 생각 없이 보고만 있었을까? 지금 방 안에 뒹구는 건 엄마의 무릎 나온 추리닝 몇 벌뿐이다. 굳이 엄마를 원망할 생각은 없다. 얼마나 힘들었는지 같이 지낸 내가 제일 잘 알기 때문이다. 하지만 아무리 내가 어른스러워도 엄마가 나를 진짜 어른이라고 생각할 줄은 몰랐다. 그렇게 생각 안 했다면 나를 두고 나가지는 않았을 테니 말이다. 그냥 그렇게 믿고 싶다. 내가 너무 믿음직스럽고 어른스러워서, 뭐든지 잘해 낼 나를 믿은 거라고. 하지만 고딩이라는 건 나는 아직 어리다는 뜻이다. 엄마는 그 말이 의미하는 것을 알고나 있을까? 라면을 끓여 먹고는 베개를 베고 누웠다. 바닥에서 찬기가 올라와 등짝이 시렸다. 안 되겠다 싶어 벌떡 일어났다. 엄마가 쓰던 것까지 끌어와 두 겹으로 이불을 깔았다. 장미 로션 냄새가 옅게 풍겨 왔다. 가끔 로션 바른 손으로 나물을 무쳐 주면 나는 화장품 냄새가 난다고 짜증을 냈었다. 엄마는 그때마다 화를 냈다. 네가 화장품 한번 사다 준 적 있냐면서. 얄미운 우리 엄마. 비닐장갑 끼고 무치면 됐잖아. 하긴 나도 얄밉긴 마찬가지였다. 핸드크림 한번 사다 준 적 없으니까. 오늘따라 그 로션 냄새가 싫지 않았다. 시린 등이 조금씩 따뜻해지는 게 느껴졌다.

눈이 번쩍 떠졌다. 밖은 아직 어두웠다. 오 분만 더 잔다고 이불을 잡아당기던 게 어제 같다. 그것도 깨워 줄 사람이 있을 때나 가능한 일인가 보다. 교복을 주섬주섬 챙겨 입고 가방을 들었다. 골목을 나와 슈퍼를 지나는데 뚱뚱한 고양이가 쓰레기를 뒤지고 있었다. 여기저기 털이 빠지고 때가 묻어서 꾀죄죄했다. 그 뒤에는 태어난 지 얼마 안 돼 보이는 아기 고양이가 앞발을 들고는 어미를 따라 헤집는 흉내를 내고 있었다. 두 마리의 입에서 하얀 입김이 퐁퐁퐁 퍼져 나와 서로를 껴안았다. 나는 더 이상 다가가지 않고 그 자리에 쭈그려 앉아 사이좋게 쓰레기에 코를 파묻고 있는 두 마리를 지켜보았다. 한참 동안 비닐봉지를 뒤지던 어미가 고개를 들더니 나를 쳐다보았다.

"너희는 그래도 둘이라서 좋겠다."

내 말을 알아들은 걸까? 어미가 내 쪽으로 가만히 다가오더니 고개를 갸웃거렸다. 아기 고양이도 어미를 따라 쪼르르 내곁으로 왔다. 아기는 어미와 다르게 하얀 털이 뽀송뽀송해서 윤기가 반지르르했다.

"너 멋지구나. 그래, 엄마라면 자식을 지켜 줘야지."

어미의 머리를 쓰다듬어 주었다. 고양이는 크게 한 번 '냐옹' 하고 울더니 새끼를 데리고 윗길로 총총 사라졌다. 나는 손바닥을 코에 가져다 댔다. 비린내 같기도 하고 누린내 같기도 한 냄새가 손바닥 가득이었다. 하긴 좋은 냄새가 날 리 없다. 몸뚱아리 하나밖에 없는 어미가 자식을 먹여 살리려면 험한 곳, 더러운 곳 가리지 않고 다녔겠지. 이불에 배어 있는 엄마의 싸구려 로션 냄새가 떠올랐다.

고양이에게 시간을 빼앗겨서 간신히 지각을 면했다. 자리에 앉자마자 담임이 들어와 떠들어 대는 아이들을 흘겨보더니 교탁을 탕탕 내리쳤다.

"잘한다. 잘해. 지금 정신을 인공위성으로 쏘아 올려 지구 밖을 맴돌게 하고 있지? 안 그러고서야 수험생 교실이 이렇게 시끄러울 수가 없지."

담임이 출석부를 들고 나가자 아이들이 재밌다는 듯 키득거렸다.

"담임 완전 개그맨 아니냐? 생긴 거부터 타고났잖아. 안도연한테 아부할 때 보면 더 웃겨."

진이가 가방을 열다 말고 내 옆구리를 밀었다.

"그러게."

나는 시큰둥하며 대충 대꾸했다.

"너 무슨 일 있냐?"

진이가 탐색하듯 내 눈치를 슬슬 살폈다.

"일은 무슨 일."

나는 살짝 진이의 눈을 피하며 아무 책이나 가방에서 꺼내 책상 위에 펼쳤다.

"아니야, 너 분명 뭔가 있어. 말도 없어지고, 누가 말 시켜도 멍하니 있고, 그러다가 급식 시간만 되면 제일 먼저 달려 나가서 몇 그릇씩 먹잖아. 집에 무슨 일 있어?"

나는 고개를 쳐들고 있는 대로 힘을 주며 진이를 째려봤다.

"할 일이 그렇게 없어? 하루 종일 나만 쳐다보고 있냐?"

내 말투가 거슬렸는지 진이의 얼굴이 험하게 찌그러졌다.

"걱정을 해 줘도 난리네. 왜? 뭐 찔리는 거 있어? 엄마가 집이라도 나갔어?"

그 말이 끝나기가 무섭게 나도 모르게 내 주먹이 녀석의 얼굴을 향해 날아갔다.

"이 새끼가 미쳤나?"

진이가 소리를 지르며 자리를 박차고 있어나 나에게 달려들었다. 나는 그런 녀석을 밀어 넘어뜨리고는 배 위에 올라타 다짜고짜 주먹을 휘둘렀다.

"그래, 이 새끼야, 우리 엄마 가출했다. 나 버리고 집 나갔다고."

"아, 씨, 왜 나한테 지랄이야! 너희 엄마 가출한 게 내 탓이야?"

녀석도 지지 않고 발버둥 치며 나에게 주먹질을 해 댔다.

아이들이 몰려들어 엉겨 붙은 우리를 떼어 냈다. 녀석은 억울한지 떨어져 나가면서도 허공에 발길질을 해 댔다. 얻어터진 얼굴이 붓기도 전에 나에 대한 소문이 학교 안에 쫙 퍼졌다. 나와 진이 녀석은 담임에게 불려 가 한참을 서 있었다.

"시험도 얼마 안 남았고, 얘기를 들어 보니 둘 다 그럴 만도 해서 이번엔 그냥 넘어가기로 했다. 하지만 이 일로 다시 싸우면 바로 징계받을 줄 알아. 진이 넌 먼저 올라가고 태준이 넌 나랑 얘기 좀 하자."

진이가 교무실을 나가자 담임은 나를 의자에 앉히고는 조심스럽게 입을 열었다.

"집안에 너 챙겨 줄 어른은 있어?"

"네, 있어요. 걱정 마세요."

담임은 다행이라는 듯 한숨을 내쉬며 더 이상 자세히 묻지 않았다.

"그래, 혹시라도 의논할 거 있거나 힘든 일 있으면 꼭 얘기해라."

말은 그렇게 해도 담임의 눈은 귀찮은 일을 떠맡지 않아 다행이라는 것처럼 보였다. 하긴 공부 잘하는 애들 입시 신경 쓰는 것만도 골치 아프겠지. 나 같은 쭉정이에게까지 쓸 마음이 남아 있기나 하겠어. 내가 진짜 걱정됐다면 밥은 안 굶는지부터 물어봤어야 맞다. 요즘 내가 말이 아니게 마른 건 나에게 관심 없는 사람도 그냥 보면 알 수 있으니까. 건성으로 고개를 꾸벅하고는 교실로 들어왔다. 가방을 챙겨 교문을 나서는데 뒤에서 누군가가 내 이름을 불러 댔다. 뒤를 돌아보니 성민이 패거리였다. 저 꼴통들이 난 또 왜 찾는 거지?

"야, 귀에다가 시멘트라도 부었냐? 왜 불러도 대답을 안 해?"

성민이 녀석이 다가오더니 내 어깨를 감싸고는 친한 듯이 굴었다. 나는 녀석의 손을 떼 내며 시큰둥하게 대답했다.

"설마 나 부르는 거라곤 생각도 안 했어. 네가 나를 부를 리가 없잖아."

"에이, 왜 이러실까. 친구끼리 부르면 오고 가면 또 부르고 그러는 거지."

재윤이 녀석이 넉살 좋게 웃으며 나와 성민이 사이에 끼어들어 어깨동무를 했다.

"학교 안에 쫙 퍼진 소문, 우리도 들었거든. 이제 너희 집에 아무도 없는 거 맞지?"

재윤이의 눈이 기대에 가득 차 번뜩거렸다.

"그게 너희랑 무슨 상관인데?"

생각 같아서는 주먹이라도 날리고 싶었지만 그럴 힘도 남아 있지 않았다. 나는 기분이 팍 상해 재윤이의 팔을 툭 치며 걸어냈다.

"워, 워, 뭘 그렇게 예민하게 굴어. 너 혼자 있으면 심심할 거 아니야. 그래서 너희 집에 가서 같이 놀아 주려고 그러는 거야.

얼마나 좋냐. 외롭지도 않고."

재윤이 녀석이 능청스럽게 대꾸했다. 이제야 녀석들의 속셈을 알 것 같았다. 녀석들에게는 아지트가 필요했던 거다. 담배 피우고, 술 먹고, 자기들이 하고 싶은 대로 하는 걸 남들로부터 가려 줄 그런 아지트.

"나 외로울까 봐 걱정해 주는 건 고마운데, 우리 집 와 봤자 아무것도 없어. 먹을 것도 없고, 가스도 끊겨서 방바닥은 차고, 조금 있으면 전기랑 수도까지 다 끊길 거야."

나는 양손을 들어 올리며 어깨를 으쓱해 보였다. 그런데 성민이가 환하게 웃으면서 오히려 잘됐다는 듯 입을 열었다.

"야, 걱정 마. 내가 다 내 줄게. 그런 건 문제도 아니야. 힘들 때 돕는 게 진짜 친구 아니겠냐?"

녀석이 킥킥거리며 기분 나쁘게 웃었다. 재윤이와 민재도 뭐가 좋은지 따라서 킥킥댔다.

"마음은 고마운데 난 그냥 혼자 있는 게 편해."

뭐라고 짜증 내기도 귀찮아 혼잣말처럼 중얼거리며 그냥 돌아섰다.

"마음 바뀌면 바로 말해라. 우리는 언제나 대환영이야!"

녀석들이 내 등 뒤에 대고 아쉬운 듯 소리쳤다.

말이 씨가 됐나 보다. 집에 와 보니 전기가 끊겨 있었다. 성민이 녀석에게 전기 끊길 거라고 한 지 얼마나 됐다고……. 방 안에서 날 기다리고 있는 건 축축한 어둠뿐이었다. 전기를 쓸 수 없는 반지하의 방은 오후가 되면 어둠에 침몰되는 것이 운명이다. 초를 찾기 시작했다. 지난번 정전 때 사다 둔 게 어딘가에 있을 거다. 한참을 뒤지고 나서야 서랍장 맨 아래서 초가 나왔다. 대접을 들고 와서 안에다 초를 켰다. 밝게 달아오른 불빛이 대접에서 넘쳐흘러 온 방을 환하게 적셨다. 흔들리는 촛불을 따라 내 그림자가 어색하게 벽에서 움직였다. 나는 손가락을 들어 나비를 만들었다, 강아지를 만들었다, 새도 만들어 보았다. 그림자에는 표정이 없을 텐데 내가 만드는 녀석들이 모두 쓸쓸해 보였다. 쓸쓸한 나비도 쓸쓸한 강아지도 나를 닮아 있었다. 아까 진이에게 맞은 자리가 부어올라 욱신거렸다. 배는 고팠지만 라면도 끓이기 귀찮았다. 나는 꼬르륵거리는 소리를 자장가 삼아 눈을 감았다.

'나 여기 있어.'

설핏 잠이 들었는데 작은 소리가 들렸다. 잠깐 눈을 뜨고 소리의 행방을 찾아보았다. 그러나 방 안에 가득 찬 건 오직 침묵뿐이었다. 다시 눈을 감았다.

'나 여기 있어.'

방금과 같은 소리였다. 정확하게 여자인지 남자인지 구분은
안 가지만 간절한 느낌은 오롯이 담겨 있었다. 나는 다시 눈을
뜨고는 자리에서 일어났다. 급하게 신발을 구겨 신고 밖으로
나가 보았다. 마당에는 아무도 없었다. 대문 밖을 내다봐도 마
찬가지였다. 찬바람만 쌩하고 불어와 대문에 붙은 전단지만 펄
럭거렸다. 방에서 들릴 정도면 분명 근처에서 나는 소리일 텐
데, 누구였지? 나는 머리를 긁적거리고는 집으로 들어가 다시
이불을 뒤집어썼다. 일어나니 대접 안에 촛불이 다 타서 꺼져
있었다. 굶고 자서 그런지 다리에 힘도 들어가지 않았다. 생각
해 보니 아침부터 싸우느라고 아무것도 먹지 않았다. 나는 설
거지통에서 냄비를 꺼내 물로 헹궈 낸 다음 라면을 하나 끓였
다. 김이 모락모락 올라오는 라면을 국물까지 다 먹고 나서야
굽은 허리가 펴졌다. 얼굴이 부어올라 말이 아니었지만 학교
는 빠지기 싫었다. 아마 내가 학교에 나가지 않으면 모두들 그
럴 줄 알았다고 할 것이다. 오기로라도 뻔하다는 소리는 듣지
않아야겠다고 다짐했다. 교실에 들어서자 아이들이 힐끔거리
며 내 눈치를 봤다. 진이는 내가 자리에 앉아도 아무 소리 없이
자습서만 풀고 있었다. 나도 가만히 앉아 가방을 풀었다. 서운

한 마음 반, 미안한 마음 반이었다. 나름대로 반에서 친한 사이였다. 이제 전처럼 지내기는 힘들겠지. 뭐, 아무럼 어때. 어차피 엄마도 버리고 간 나한테 친구 같은 건 어울리지도 않는다.

금방 일주일이 지났다. 불 꺼진 방에 불 꺼진 바닥, 환한 것이라곤 오로지 위태롭게 흔들거리는 촛불뿐이다. 그마나 담임이 급식비는 지원받을 수 있다고 해서 다행이었다. 하루에 한 끼라도 제대로 된 밥을 먹을 수 있는 게 어디야. 주인집에서 마주칠 때마다 자꾸 엄마를 물었다. 나는 지방으로 일하러 가서 다음 달이나 돼야 온다고 둘러댔다. 급한 불은 껐지만 다음 달이 되면 어떻게 얘기해야 할까. 그리고 며칠이 더 지나서 깨달았다. 견디고 버티는 데에도 한계가 있다는 것을. 라면 박스가 텅 비고 하루가 다 지나기도 전에 난 배고픔과 추위에 무릎 꿇고 말았다. 성민이 녀석에게 전화를 했다. 얼마 지나지도 않았는데 녀석은 신이 나서 애들을 몰고 우리 집으로 찾아왔다. 근처 공터에서 놀다 왔는지 흙이 잔뜩 묻은 신발을 털며 말이다.

"어떻게 된 집 안이 밖보다 춥냐? 어유, 어둡긴 왜 이렇게 어두워."

녀석이 손바닥을 비비며 투덜댔다.

"가스랑 전기 끊겼거든."

나는 머리를 긁적이며 멋쩍게 입을 열었다.

"짜식, 그러게 좀 일찍 연락하지. 이 춥고 깜깜한 데서 혼자 덜덜거리며 잤냐!"

성민이는 내 옆구리를 쿡 찌르더니 집 안을 둘러보았다. 웃긴 녀석이었다. 학교 다니는 내내 나랑 얘기 몇 번 한 게 다였으면서 어떻게 이렇게 친한 척을 할 수 있을까? 재윤이와 민재는 생각과는 조금 달랐는지 들어오자마자 실망한 표정이 금세 드러났다.

"야, 배고프다. 뭐 먹을 거 없냐?"

민재가 빈 박스를 뒤적거리며 물었다.

"있기야 있지. 소금하고 고추장, 간장 중에 먹고 싶은 걸로 골라 봐. 한 사발 가득 담아 줄게."

민재의 당황한 얼굴을 보고는 성민이가 낄낄거리며 웃었다.

"보기랑 다르게 농담도 할 줄 아네? 그러면서 볼 때마다 뚱해 있었냐?"

"아, 그거 콘셉트였어."

내 대답에 남은 녀석들도 웃음을 터트렸다.

"앞으로 여기서 놀면 지루하진 않겠다."

성민이는 의자를 빼서 앉더니 잠바 주머니를 뒤적거려 돈을 꺼냈다. 만 원짜리가 제법 많이 겹쳐 있었다.

"야, 갑자기 전화 받아서 은행도 겨우 들렀다 왔다. 이걸로 가스비랑 전기 요금 내고 남은 걸로 먹을 거라도 사 먹어라. 오늘은 추워서 더 있고 싶어도 못 있겠다."

"뭘 이렇게 많이 줘."

내가 손을 빼고 머뭇거리자 녀석은 책상 위에 돈을 놓으며 일어났다.

"너만 좋으라고 주는 거 아니야. 우리도 좋으라고 주는 거지. 하여튼 내일은 좀 재미있게 놀아 보자고."

마음이 이상했다. 애들과 나가는 성민이에게 절이라도 넙죽하고 싶을 만큼 다행이라는 생각이 들었는데 한편으로 뭔가 소중한 것을 팔아 버린 기분도 들었다. 그게 뭔지 한참을 생각해도 또렷하게 떠오르지는 않았지만 찝찝하고 불쾌했다. 에이, 모르겠다. 뭐 어때. 일단 배부르고 따뜻하면 되는 거지. 나는 돈을 주머니에 잘 챙겨 넣고 오랜만에 근처 식당에 가서 밥을 먹었다. 뜨거운 국물이 목을 타고 넘어가자 꽁꽁 얼었던 몸이 풀리는 것 같았다. 집에 와서 책상 위에 초를 켜고는 이불 속으로 들어갔다. 내일부터는 따뜻한 방에서 잘 생각을 하니 벌써부터 마음이 설레었다. 문득 다른 사람들은 아무렇지 않게 누리는 것들이 나에게는 간절하게 바라도 이루어지기 힘들 것이라는 생각이 들어 콧속이 시큰해졌다.

학교가 끝나자마자 밀린 요금들을 냈다. 얼마나 밀렸던지 가지고 있던 돈이 부족했다. 상담원에게 사정사정해서 반 정도만 내고는 끊긴 것만 연결해 달라고 했다. 그리고 남은 돈으로 마트에 가서 쌀도 사고 라면도 좀 샀다. 낑낑거리며 들고 오는데 등이 젖도록 땀이 흘러도 하나도 힘들지 않았다. 이게 다 배 속으로 들어가 뼈가 되고 살이 될 거라 생각하니, 더 무거워도 번쩍 들 것 같았다. 집에 들어와서 제일 먼저 전등 스위치를 눌러 보았다. 형광등이 몇 번 깜박거리더니 번쩍하고 켜졌다. 부엌에 나가 가스레인지도 켜 보았다. 파란 불꽃이 파바박 타올랐다. 기분이 좋아져서 오랜만에 이불을 털고 집 안도 청소했다. 걸레질이 끝날 무렵 성민이 패거리가 양손 가득 비닐봉지를 들고 집으로 들어왔다.

"우아! 어제랑 완전 딴판이네. 몰라보겠다. 불 들어오니까 훤하다."

"그러게, 오늘은 꽤 괜찮네."

성민이의 말에 재윤이가 고개를 끄덕이며 비닐봉지를 내려놓았다.

"어제는 별로라고 찡찡거리더니, 오늘은 마냥 좋단다."

"내가 언제 그랬어."

재윤이가 무안한 듯 얼굴을 붉혔다.

"야, 이거나 좀 받아 봐."

민재가 신나서 말꼬리를 이어 붙였다.

"뭘 이렇게 많이 사 왔냐."

나는 우리 집에 대한 품평을 모른 척하며 비닐봉지 속에서 물건들을 꺼내기 시작했다. 과자부터 햄, 치즈, 우유 같은 게 잔뜩 들어 있었다.

"어제 보니까 냉장고도 텅텅 비었길래 집에서 닥치는 대로 담아 왔지."

"집에서 이 많은 걸 다 집어 왔다고?"

나는 놀라서 입을 떡 벌리고 녀석들이 내려놓은 것들을 쳐다보았다.

"너 몰랐어? 성민이네 큰길 사거리에서 제일 큰 대형 슈퍼마켓 하잖아. 그거 체인점이라 다른 곳에도 몇 군데나 더 있어."

민재는 마치 자기네 집 일처럼 신나서 떠벌렸다. 하지만 나는 그런 것보다 쌀하고 라면 산 게 아깝다는 생각이 먼저 들었다.

"야, 앞으로 먹는 거는 걱정하지 마라. 내가 박스로 들고 올 테니까. 그리고 드디어 오늘의 하이라이트다! 너희들 이거 보면 난리날걸. 짠짜자—."

성민이가 남겨 뒀던 검은 봉지를 풀더니 비닐을 까 내렸다. 벗겨진 비닐봉지에선 담배 몇 보루와 소주 맥주가 잔뜩 나왔다.

"와! 와! 아까 이것만 몰래 챙기더니, 완전 짱이다!"

재윤이와 민재 녀석이 신나서 소리쳤다. 나는 황당해서 애들이 꺼내 놓은 것들을 쳐다보기만 했다.

"야, 이거 뭐야?"

곤란해하는 나를 보며 성민이가 입을 열었다.

"뭐긴, 보면 몰라! 담배님과 술님이잖아. 이 뵙기도 힘든 분들을 이렇게 단체로 관람했으면 인사라도 드려!"

"오늘은 이걸로 배가 빵빵해질 때까지 먹자!"

"아싸— 매일 담배 필 데 없어서 화장실 구석탱이에 숨어서 폈는데 오늘은 그냥 막 펴도 되겠다."

쓸쓸한 내 표정과는 상관없이 녀석들은 신나서 떠들어 댔다. 어떻게 하지? 마음 같아선 빗자루로 싹싹 쓸어 내 버리고 싶었지만, 문득 '뭐, 어때'라는 생각이 들었다. 내가 무슨 짓을 한다고 뭐라고 야단칠 가족이 있는 것도 아니고, 그래도 성민이 녀석 덕분에 가스랑 전기도 다시 들어왔는데, 모른 척하는 남들보다는 낫지 않나? 나는 녀석들을 따라 어색하게 입꼬리를 올려 웃어 보았다.

"그럼 안주는 어떻게 할까?"

민재의 말에 성민이가 나를 힐끗 쳐다보았다.

"태준아, 저기 내가 냉동 만두랑 이것저것 가져왔으니까 그걸로 뭐 좀 만들면 안 될까?"

부탁 조의 말투였지만 그 안에는 그 정도는 네가 해야 하지 않겠냐는 듯한 표정이 숨어 있었다. 하긴 신세진 것도 있는데 이 정도는 내가 해야겠지. 이왕 하는 거 기분 나쁘게 하지 말아야겠다 싶었다.

"그럼 만두는 기름에 굽고 햄 좀 잘라 올까?"

나는 눈치를 살피며 비닐을 뒤적거렸다. 성민이는 내 대답이 마음에 들었는지 환하게 웃었다.

"나야 좋지. 그럼 잔부터 가져다줄래. 재떨이 할 거랑."

"술병 하나 비면 거기에 담배 *끄자*."

"야, 맞아. 우리가 언제부터 재떨이에 담배 꺼 본 적이나 있냐. 소주병도 감사하지."

두 녀석이 소주병을 따며 떠벌렸다. 부엌으로 가 엄마가 가끔 쓰던 맥주잔을 가져다준 나는 후라이팬에 기름을 두르고 만두를 굽기 시작했다. 녀석들은 자기들끼리 과자를 몇 개 까서는 술을 마시기 시작했다. 만두를 들고 들어갔을 때는 담배 연기로 꽉 찬 방 안에서 술 냄새가 진동을 했다.

"난 왜 이렇게 만두도 햄도 싱겁냐. 태준아, 너도 한잔 마셔."

갑자기 성민이 녀석이 얼굴이 벌게져서 내게 잔을 건넸다. 나는 잠깐 고민하다가 될 대로 되라는 식으로 녀석이 건넨 술잔을 받고는 따라 주는 술을 한 번에 들이켰다. 뜨겁고 독한 기운이 확 하고 목구멍을 타고 넘어갔다. 자동으로 입에서 '허어' 하는 소리가 튀어나왔다. 얼른 만두 하나를 들어서 입에 넣었다.

"와, 태준이 너 샌님인지 알았더니 꽤 하네."

"그러게, 원 샷 하는 폼을 보니 술 좀 마시겠는걸."

녀석들이 와! 하고 박수를 쳐 주었다. 좁은 방 안에 가득 찬 담배 연기가 사정없이 눈과 코를 찔러 댔다. 나는 콜록콜록 기침을 하며 특별히 좋은 것도 없으면서 헤헤 웃었다. 담배가 몇 갑이나 타들어 가고 술병들이 비었을 무렵에는 열한 시가 넘어 있었다. 먹던 자리에 그대로 누워 온몸이 벌게져 쌕쌕거리던 나는 어느 순간 선잠이 들었다.

'나 여기 있어.'

술과 잠에 취해 몸을 뒤척거리는데 선명한 소리가 흘러 들어왔다. 소리는 저번보다 좀 더 커져 있었다. 나는 잠시 눈을 비비고 일어서려 해 보았지만 몸에 힘이 들어가지 않았다.

'왜 날 못 찾는 거니?'

이번엔 항상 하던 말이 아니었다. 조금 놀라서 몸을 일으켜 세워 보려 했다. 축 처진 몸이 다시 발라당 뒤로 넘어갔다.

'왜 날 못 찾는 거니?'

원망하는 투는 아니었다. 하지만 슬프고 쓸쓸한 느낌이 가득 묻어 있었다. 나는 눈을 가늘게 뜨고 방 안을 둘러보았다. 녀석들은 방 안에 아무렇게나 어질러져 자고 있었다. 엄마의 이불이 발에 차여 구석에 웅크리고 있었다. 매캐한 담배 냄새가 둥둥 떠다녔다. 담배 냄새가 이불에 배면 엄마의 화장품 냄새가 더 빨리 사라져 버릴지도 모른다는 생각이 들었다. 그러자 술에 취한 몸보다 마음이 더 무거워졌다. 엄마의 이불을 끌어당겨 보려고 발끝을 밀며 구석으로 내려갔다. 발가락에 이불이 닿았다. 몸을 일으킬 수 없어 누운 채로 이불을 당겨 보려고 몇 번 해 봤지만 이불이 영 말을 듣지 않았다. 나는 포기하고 이불

속에 발을 집어넣었다. 마음이 조금 편안해졌다.

'왜 날 못 찾는 거니?'

가만 누워 있는데 또 그 소리가 들려왔다.

"네가 어디 있는지 말해 주지 않으니까 못 찾는 거야."

나는 울먹거리는 소리로 조그맣게 입을 뻐끔거리다 잠이 들었다.

"야, 좀 일어나 봐."

누가 발로 툭툭 차고 있었다. 간신히 눈을 뜨니 성민이 녀석이었다. 나는 기지개를 늘어지게 켜고는 비틀거리며 몸을 일으켰다. 하품을 하자 입안에서 진한 술 냄새가 확 퍼져 나왔다. 밖은 아직 어두웠다.

"지금 몇 시야?"

"세 시 좀 넘었어. 아침 되기 전에 집에 들어가야 우리 꼰대한테 안 걸려. 근데 속이 넘 쓰리다. 라면 좀 끓여 주라. 물 조금만 넣고 조리듯이."

성민이는 나를 쳐다보며 배를 문질러 댔다. 자는 사람 깨워서 라면을 끓이라니, 이 녀석의 뇌 구조는 어떻게 생겼을까 궁금해졌다. 어쩔 수 없이 엉거주춤 일어나 비틀비틀 냄비에 물을 받아 올렸다. 녀석들은 내가 끓여 준 라면을 바닥까지 먹고

서야 집으로 갔다. 녀석들이 나가고 난 후 집 안을 보니 가관도
아니었다. 비어서 쓰러진 술병에 굴러다니는 과자 봉투, 먹다
남은 햄이며 만두가 방 안에 흩뿌려져 있었다. 나는 깬 김에 창
문을 활짝 열고는 쓰레기를 대충 치웠다. 도대체 나에게 무슨
일이 벌어진 걸까? 한심한 생각이 들었다. 그래도 외로운 것보
다 낫잖아. 배고픈 것보단 낫잖아. 추운 것보단 낫잖아.

　사육된다는 느낌은 이런 걸까? 좁은 방 안에 갇혀서 성민이
가 들고 오는 것들을 받아먹으며 녀석이 시키는 일을 군소리
없이 하는 것. 학교에서는 이미 내논 학생이 되어 있었다. 진이
와 대판 싸운 이후로 아이들이 말 거는 것도 슬슬 피했다. 그건
그거대로 분한 일이어서 나도 모르게 아이들에게 심한 말을 하
거나 거칠게 굴었다. 교복에서는 항상 담배 찌든 내가 나고 매
일 성민이 패거리에 시달려 수업 시간 내내 잠만 잤다. 담임도
아이들도 똥을 밟지 않으려는 듯 날 건드리지 않았다. 힐끗거
리며 관찰할 뿐이었다. 그나마 이야기를 제대로 하는 건 성민
이 패거리뿐이었다. 물론 불쾌함뿐인 대화들이었다. 굳이 좋은
점을 찾으려면 공과금 걱정도, 먹을 것 걱정도 필요 없다는 것
이다. 그리고 굳이 나쁜 점을 찾으려면 내가 마치 짐승같이 느

182

껴진다는 거였다. 성민이 패거리가 몰려오고부터는 언제 찾아 올지 모르니까 학교가 끝나자마자 방 안에 대기해 있어야 했다. 간단한 요리에 설거지, 잔심부름은 다 내 몫이었다. 생각해 보면 노예랑 비슷한 것도 같았다. 녀석들은 입으로 내가 친한 친구라고 떠벌리지만 그게 거짓말이라는 것은 눈빛만 봐도 알 수 있었다. 쉽게 생각하자. 우리는 그저 서로 필요한 것을 나눌 뿐이다. 내가 짐승 같다고 느낄 필요도 자존심이 상할 필요도 없다. 요즘은 아무리 청소해도 집 안에 배어 있는 찌든 담배 냄새를 씻어 낼 순 없다. 그동안 녀석들이 피워 낸 담배가 수십 보루는 넘었다. 먹어 치운 술은 또 어떻고. 오늘도 어제의 반복일 거라 생각하니 생각만 해도 한숨부터 나왔다. 밖에서 문 여는 소리가 들렸다.

"야, 오늘은 방이 번쩍번쩍하네."

성민이가 애들과 들어오며 신나서 소리쳤다. 그런데 그 뒤로 여자애들 두 명이 따라 들어왔다. 한눈에 봐도 성민이만큼이나 노는 애들이란 걸 알 수 있었다.

"방이 무슨 코딱지만 하네."

"계집애, 말하는 것 좀 봐라. 코딱지가 뭐냐."

여자애 두 명이 키득대며 속닥거렸다.

"야, 그래도 여기서는 술도 맘껏 먹고 담배도 잔뜩 피울 수 있어. 동네에서 이런 데 있으면 찾아와 봐."

성민이가 가져온 봉지를 풀며 거드름을 피웠다.

"뭘 보고 그렇게 서 있어. 얼른 이거 가지고 나가서 뭐 좀 만들어 와 봐."

민재가 황당해서 서 있는 나를 보며 뚱하게 얘기했다.

"그래, 배고프니까 일단 라면 좀 끓이고. 너희 계란 넣을 거야?"

성민이가 여자애들에게 물었다.

"난 별로."

"나도."

"그럼 계란 넣지 말고 사람 수대로 끓여."

성민이가 힐끗 나를 보며 던지듯이 명령했다. 화가 불끈 났지만 참고 부엌에 나가서 라면을 끓여다 주었다.

"쟨 뭐니?"

단발머리 여자애가 바닥에 냄비를 놓는 나를 가리키며 성민이에게 물었다.

"응, 그냥 이 집 주인."

"이렇게 우리가 와도 쟤네 엄마 아빠한테 안 혼나?"

나는 순간 움찔해서 성민이를 쳐다봤다. 성민이는 아무렇지도 않게 씩 웃으며 입을 열었다.

"쟤네 엄마 집 나갔어. 아빠는 원래부터 없고, 그래서 네가 코딱지만 하다고 한 방은 우리 차지가 된 거지."

말이 끝나기도 전에 애들이 좋다고 킥킥대며 따라 웃었다. 나는 얼굴이 화끈거려 자리에 앉아 있을 수가 없었다. 마음 같아서 냄비를 확 뒤집어엎어 버리고 싶었지만 그래 봤자 나만 손해란 생각에 있는 힘을 다해 참았다. 하지만 진짜 꼴불견은 그다음부터였다. 어두워지기 전부터 술판을 벌인 녀석들은 밤이 되고 얼큰하게 취하자 서로 몸을 비벼 대기 시작했다. 벌겋게 얼굴이 달아오른 아이들의 입에서는 시시껄렁한 웃음소리와 욕지거리가 번갈아 가며 튀어나왔다.

나는 부엌 구석에 쭈그려 앉았다. 참자, 참아. 싱크대에 머리를 기대고 눈을 감고 있는데 한동안 안 들리던 그 소리가 다시 들려왔다.

'나 여기 있어.'

전보다 더 선명해지고 커진 소리였다. 나는 눈을 번쩍 떴다.

'나 여기 있어.'

나는 두리번거리며 소리가 아프게 퍼지는 마음에 가만히 귀를 기울였다. 누굴까? 너 누구니? 그때였다.

"야, 태준아."

성민이였다. 성민이가 바지만 입고 서서는 얼굴이 벌게져, 쭈그려 앉아 있는 나에게 만 원짜리 몇 장을 건넸다.

"또 뭐 사 오라고?"

성민이가 좌우로 고개를 흔들었다.

"아니, 그냥 이거 갖고 나가서 피시방에라도 있다 오라고. 몇 시간이면 돼."

녀석은 방 안에 있는 여자애들을 힐끔거리며 입꼬리를 올렸다. 나는 마치 썩은 생선이라도 씹은 듯 더러운 기분이 되었다. 한참을 가만히 성민이를 쳐다보았다.

"뭐 해, 얼른 받아서 나가지 않고."

성민이가 비틀거리며 재촉해 댔다. 나는 가만히 일어서서 성민이가 내민 손을 밀어 넣었다.

"너 지금 뭐 하는 거야?"

성민이가 얼굴을 일그러뜨리며 목소리를 높였다.

"야, 왜 그래?"

방 안에 있던 애들이 고개를 빼고는 우리를 쳐다보았다.

"내가 웬만하면 참으려고 했거든. 너희 얼른 있는 거 다 싸

들고 나가."

아이들이 황당한 눈으로 나를 쳐다보았다.

"지금 얘가 뭐라는 거냐? 거지새끼 거둬 놨더니 이 새끼가 지금 뭐라고 지껄이는 거야."

성민이 얼굴이 울긋불긋해져서 비틀대며 소리쳤다.

"거지새끼 굶어 죽지 않게 생각해 준 건 고마운데 이제 죽이 되건 밥이 되건 내가 알아서 할 테니까 나가라고."

내가 표정 하나 바꾸지 않고 대들자 녀석들은 조금 당황해 하며 자기들끼리 눈치를 보았다.

"젠장, 내가 준 돈이 얼만데 나가라 마라야. 이때까지 받아 처먹은 거 다 내놓든지."

성민이가 씩씩대며 비아냥거렸다.

"내가 거저 먹었어? 심부름해 주고 음식 해 주고, 너희 시중 다 들어줬잖아. 솔직히 너희가 내가 친구라서 나 도와준 거야? 그냥 이 방이 필요했을 뿐이잖아. 여기서 질리도록 담배 피우고 술 먹었으니까 쌤쌤 아니야?"

성민이가 분하다는 듯 비틀대며 내게 주먹을 날렸다. 나는 손바닥으로 주먹을 세게 밀어 냈다. 민재와 재윤이가 나와서 성민이를 말렸다. 하지만 성민이는 아이들을 팽개치고는 나에게 달려들어 있는 대로 주먹질을 해 댔다. 여자애들은 방 안에서 자기들끼리 속닥거리며 우리를 쳐다보았다. 나는 성민이와 엉겨 붙어 몇 대 맞다가 애들이 말리는 틈을 타 운동화를 구겨 신고 문밖으로 나가며 소리쳤다.

"한 시간 줄 테니까 여기서 다 나가. 내가 왔을 때도 그대로 있으면 경찰에 신고할 거야."

녀석들은 그런 나를 보고는 당황해서 어쩔 줄 모르는 것 같았다. 골목을 나서니 밤바람이 옷 속을 파고들었다. 속이 다 시원했다. 그동안 어떻게 참았나 싶을 만큼 개운했다. 막상 나오니 갈 곳이 없었다. 나는 어쩔 수 없이 놀이터로 들어갔다. 가만히 앉아 있으니 아까 맞은 곳이 시큰거렸다. 나는 무릎을 껴안고 앉아 있다 그냥 벤치에 누워서 눈을 감았다. 얼마나 열을 냈는지 찬바람이 시원하게 느껴졌다. 나뭇잎들이 바람을 타고 몸을 흔드는 소리가 들려왔다. 좌르륵좌르륵, 잘했어, 잘했어, 내게 보내는 박수 소리 같았다.

'나 여기 있어.'

이때까지 들었던 소리 중에 가장 선명하고 컸다. 벌떡 일어나 주변을 두리번거렸다. 놀이터에는 아무도 없었다. 하지만 분명 그 소리는 마치 옆에서 말한 듯 커다랬다. 놀이터를 샅샅이 뒤져 보았다. 아무것도 없었다. 그때였다. 벤치 밑에서 뭔가 부스럭거리는 소리가 들렸다. 나는 고개를 숙이고 벤치 아래를 내려다보았다. 뭔가 작은 덩어리가 조금씩 움직이고 있었다. 고양이였다. 동그랗고 까만 눈동자를 반짝거리며 벤치 아래서 날 쳐다보았다. 팔을 집어넣어 고양이를 조심스럽게 끄집어냈다. 입 주변에 시꺼멓게 때가 묻은 걸 보니 여기저기서 쓰레기를 뒤지고 다닌 모양이었다. 고양이는 내 손 안에서 부들부들 떨었다. 미안한 생각이 들어 다시 바닥에 내려놓았다. 잘 걷지도 못하는 것 같았다. 가만히 고양이를 쓰다듬어 주니까 고양이가 나를 쳐다보고는 있는 대로 크게 입을 뻥끗거렸다. 소리 낼 기력도 없으면서 있는 힘을 다해 우는 것 같았다. 그런데 한참을 보니 녀석이 눈에 익었다. 어디선가 본 기억이 났다. 맞다. 전에 슈퍼 앞 쓰레기 더미에서 어미와 함께 있던 녀석이었다. 양 귀에 갈색 얼룩이 있는 게 분명 그 녀석이다. 그 뚱뚱한 어미는 어디로 가고 얘만 남았을까. 고양이를 안아서 잠바 안에 품어 주었다.

"엄마는 어디 갔니?"

녀석은 내 말을 알아듣는 것처럼 서럽게 입을 뻥끗거리며 바람 빠지는 소리를 냈다. 혹시나 몰라서 녀석을 안고 어미를 기다렸다. 하지만 한참을 기다려도 어미는 오지 않았다. 처음에는 부들부들 떨던 녀석이 어느 순간 내 품 안에서 꾸벅꾸벅 졸기 시작했다. 몸이 따뜻해져서 그런지 구정물 내가 슬그머니 풍겨 나왔다. 아무래도 어미는 이제 다시는 못 오는 것 같았다.

"그렇구나. 너도 이제 혼자구나. 혹시 날 부른 게 너니?"

녀석은 귀가 간지러운지 앞발을 들어 귀를 만지작거렸다. 그때 주머니에서 '띠링' 소리가 났다. 성민이면 욕이나 잔뜩 해야지 하며 핸드폰을 열어 봤다. 엄마였다. 마음이 쿵 하고 내려앉았다.

아들, 잘 있어? 엄마가 아무 말도 안 하고 나와서 미안해. 힘들어도 조금만 기다려 줘. 엄마가 꼭 돈 많이 벌어서 아들한테 돌아갈게.

얼른 통화 버튼을 눌렀지만 여전히 엄마 핸드폰은 꺼져 있었다. 다리가 떨려 왔다. 나는 안고 있던 고양이를 가만히 무릎 위에 올려놓고는 있는 힘껏 다리에 힘을 주며 답장을 썼다.

나도 다 컸어. 엄마나 잘 지내. 나중에 꼭 연락하고.

새벽달이 유난히 희게 빛나고 있었다.

고양이는 여전히 깨지 않고 잘 자고 있었다. 나는 녀석을 안고는 조심스럽게 일어났다. 걸어오는데 녀석만큼이나 내 품도 따뜻해지는 게 느껴졌다. 집으로 들어오니 방은 가관도 아니었다. 녀석들은 벽에 커다랗게 욕까지 써 놓고 사라졌다. 장롱 안에 있는 것들도 마구 끄집어서 던져 놓았다. 그 안에는 엄마가 벗어 놓고 간 무릎 나온 추리닝도 섞여 있었다. 나는 주섬주섬 그 추리닝을 바지 위에 껴입어 보았다. 거울을 보니 몸에 쫙 달라붙어 우스꽝스러웠다. 하긴 엄마보다 커진 게 중학교 1학년 때였다. 나는 고양이를 안아 들고 마주 보며 콧구멍에 힘을 팍 주고는 소리쳤다.

"콩나물 팍팍 무쳤냐."

창문에서 불어온 바람에 고양이 수염이 조금은 유쾌하게 흔들거렸다.

어쩌면
양배추처럼

문을 열고 들어가자 집 안이 고기 굽는 냄새로 진동했다. 가방을 내려놓고 부엌으로 갔다. 니콜 여사가 삐질삐질 흐르는 땀을 닦으며 열심히 고기를 뒤집고 있었다.

"이거 또 가져가려고요?"

니콜 여사는 내 목소리가 들리자마자 뒤를 돌더니 호들갑스럽게 냉장고에서 콜라 하나를 꺼내 주었다.

"어머, 우리 장남 온 줄도 모르고. 미안. 몸이 축날수록 고기 먹어야 힘이 나는 거야. 배 속이 비면 등이 굽어. 시원하게 이것도 마셔."

볼 때마다 신기하다. 어떻게 저렇게 한국말을 잘하지? 아무리 한국에서 이십 년 가까이 살았다고 해도 이건 정말 한국 사람보다 한국말을 더 잘하는 셈이잖아. 나는 받은 음료수를 따서 한 번에 들이켜며 생각했다. 식탁에 앉아 있던 안젤리카가 그런 나를 멀뚱멀뚱 쳐다보았다. 다 마신 캔을 찌그러뜨려 쓰레기통에 던졌다.

"아빠 있었으면 탄산음료 먹는다고 잔소리했을 텐데 집에 없으니까 이런 건 좋네. 그런데 안젤리카 넌 날 왜 그렇게 쳐다보냐? 왜, 이거 먹고 싶어?"

니콜 여사가 손사래를 치며 대놓고 안젤리카를 나무랐다.

"주긴 뭘 줘. 넌 숙제하라 그랬더니 여기서 뭐 하는 거야?"

커다란 눈을 껌벅거리던 안젤리카는 아무 소리 못 하고 자기 방으로 들어갔다. 하여간 안젤리카만 보면 발톱을 못 세워서 야단이라니까.

"아빠는 어때요?"

나는 의자를 빼서 식탁에 앉았다. 니콜 여사는 팔로 흐르는 땀을 닦다가 손을 가로저었다. 영락없이 한국 아줌마다.

"에그, 걱정하지 마. 나이 들면 다 조금씩 고장 나는 거야."

구운 고기를 찬합에 담던 니콜 여사가 나를 보더니 천연덕스럽게 입꼬리를 올리며 웃었다. 검은 얼굴에 빨갛게 칠한 립스틱이 유난히 번들거렸다.

"우리 장남은 아무 걱정 하지 말고 하고 싶은 거 하면서 때 되면 자고 먹고 그러면 돼. 아빠랑 내가 대학은 뒷구멍으로라도 보내 줄 테니까."

니콜 여사의 웃음소리가 간드러졌다.

"이따가 친구들 만날 건데 돈 좀 줘요."

나는 니콜 여사가 그러건 말건 심드렁한 목소리로 일어섰다.

"안방에 지갑 있으니까 필요한 만큼 빼 가. 슈퍼에서는 직원들 눈치 보지 말고 필요한 거 있으면 다 담아 가고. 내가 다 말해 둬서 뭐라 하지도 않겠지만. 오늘은 아빠랑 병원에서 잘 거니까 그렇게 알아. 요즘 들어 그 양반은 내가 잠깐만 없어도 난리가 난다니까. 아주 그냥 애야 애. 내가 아들만 둘 키워요."

일어서서 나가려다가 문득 걱정이 되어 니콜 여사에게 물었다.

"그럼 안젤리카는요?"

니콜 여사 얼굴이 귀찮다는 듯 찌푸려졌다.

"걔가 어린애야? 벌써 중1이야. 필리핀에선 나가서 돈도 벌 나이야. 저 알아서 다 챙겨 먹을 테니까 우리 장남은 아무 걱정 하지 마."

하긴 안젤리카가 나랑 무슨 상관이야. 내가 언제부터 걔 생각을 해 줬다고. 제 엄마도 모른 척하는 애잖아. 나는 방으로 들어가 지갑에서 만 원짜리를 뭉텅이로 빼내 주머니에 집어넣었다. 운동화를 신는데 안젤리카 방에서 기침 소리가 콜록거리고 새어 나왔다. 지난겨울부터 계속 저 모양이다. 오늘도 밖에서 재윤이 녀석들과 밤새 놀다 새벽에나 들어올 건데, 아무래도 마음이 쓰였다. 다시 주방으로 들어가 뜨거운 물에 유자차를 한 수저 타서 안젤리카에게 갔다. 안젤리카가 나를 보더니 희마하게 웃었다.

"유자차도 탈 줄 알아?"

"멍청아! 감기가 나을 생각을 안 하면 엄마한테 졸라서 병원에라도 가야지. 곰처럼 겨울이 다 지나도록 참고만 있냐."

안젤리카가 유자차를 받아서 한입 마시더니 자기 볼에다 잔을 가져다 댔다.

"헤헤, 따뜻하다. 아빠도 아픈데 나까지 걱정시키고 싶지 않아서."

안젤리카 머리에 가볍게 알밤을 놓았다.

"하여간 자기 엄마 나쁘다는 소리는 하지 않지. 너 진짜 곰이구나, 것도 아주 미련한."

나는 주머니에서 만 원짜리 몇 장을 꺼내 책상에 올려놓았다.

"먹고 싶은 거 있으면 사 먹어. 난 오늘도 늦을 거야. 문 잘 닫고 아무한테나 함부로 열어 주면 안 된다."

안젤리카가 고개를 흔들며 돈을 나에게 돌려주려 했다.

"오빠, 나 돈 많아. 엄마가 준단 말이야."

"웃기고 있네. 니콜 여사가 너한테 천 원짜리 한 장이라도 주는 꼴은 네가 이 집 들어오고서 한 번도 본 적이 없다. 그나마 용돈 주던 아빠가 입원한 지 몇 달이 지났는데 네가 돈이 있을 리가 있어?"

안 받으려고 발버둥 치는 안젤리카 주머니에 억지로 돈을 집어넣었다. 안젤리카는 눈가가 빨개지더니 아무 말도 못 하고 고개를 숙였다.

"오빠, 엄마 미워하지 마. 엄마는 오빠를 진짜 아들로 생각해."

"나한테야 너무 잘해서 탈인데 내가 왜 미워해. 하여간 문단속 잘하고 있어. 그리고 앞머리 좀 잘라. 넌 앞머리 있는 게 어울릴 거야. 미장원에서 이천 원이면 잘라 줘. 돈 없으면 나한테 말하고."

안젤리카가 얼른 앞머리를 귀 뒤로 쓸어 넘기려 했다.

"괜찮아. 묶으면 편해."

내 말에 안젤리카가 숙이고 있던 고개를 들고는 싱긋 웃었다. 안 하던 짓을 해서 그런지 괜히 멋쩍어진 나는 얼른 밖으로 달려 나갔다.

니콜 여사가 안젤리카를 데리고 우리 집으로 온 게 벌써 삼 년 전이다. 처음엔 필리핀 사람이라고 해서 말도 안 통하면 어떡하나 했는데 한국말을 나보다 더 잘했다. 아빠가 나이 스무 살 차이 나는 어린 여자랑 재혼한다고 해서, 나도 진이 녀석처럼 누나라고 부르려고 했다. 녀석은 열 살 차이밖에 안 난다고 새엄마를 누나라고 부른다. 자기 아빠가 세상을 떠난 후에도 계속 누나라고 부르면서 같이 사는 거 갖고 동네 사람들이 수군거려도 신경도 안 쓰면서 말이다. 하긴 니콜 여사와 녀석의 새엄마는 다르다. 아빠가 워낙에 늙어서 아빠보다 어리다고 해 봐야 나한테 누나뻘은 아니니까. 니콜 여사가 한국에 들어온 지는 벌써 십구 년 됐단다. 한국 남자랑 결혼해서 안젤리카를 낳고 몇 년 있다 헤어졌다고 했다. 그래서인지 안젤리카는 얼굴만 조금 까맣지 완전 한국 사람이다. 나를 낳아 준 엄마도 아빠랑 열다섯 살이나 차이가 났었다. 얼굴도 예뻐서 돈 보고 시집왔다는 소리를 귀에 못이 박히도록 들었단다. 아빠는 그럴 때마다 술을 먹고 들어와 엄마를 두들겨 팼다. 아주 어릴 때지만 엄마의 멍든 얼굴이 생각난다. 내가 열 살 때 엄마는 슈퍼에서 일하던 총각하고 눈이 맞아 도망갔다. 어릴 때였지만 나는 엄마가 밉기보단 오히려 다행이라고 느꼈던 거 같다. 그 무렵쯤에는 아빠가 엄마를 때리던 횟수가 점점 늘어서 하루 걸러 맞고 살았기 때문이다. 이가 부러지고 갈비뼈가 나가고 입술이 찢어지고, 옆집 아줌마에 따르면 우리 엄마는 그런 모습으로 야반도주를 했다. 난 엄마가 잘했다고 생각한다. 앞으로 엄마를 못 봐도 견딜 수 있을 것 같다.

아빠가 트집을 잡는 방법은 항상 같았다. 엄마가 맞는 대부분의 이유는 나 때문이었다. 왜 밥을 제때 안 줬냐, 왜 제대로 안 씻겼냐, 이런 것들이었다. 아, 그리고 뭐가 또 하나 있었는데……, 그게 뭐지? 갑자기 등에서 식은땀이 나기 시작했다. 그게 무엇이든 간에 엄마는 나에게 최선을 다해서 잘했다. 그저 아빠는 트집거리가 필요했던 것뿐이다. 지금도 미안한 것은 그렇게 엄마를 두들겨 패면서도 나는 손끝 하나 건드리지 않았다는 사실이다. 지금도 아빠에겐 내가 최고다. 니콜 여사와 재혼을 결심한 가장 큰 이유도 나한테 하는 걸 보고서다. 정말이지 니콜 여사는 나한테 입안의 혀같이 군다. 먹고 싶은 거나 입고 싶은 것을 생각만 해도 어떻게 알고 그날로 번개같이 대령한다. 나한테 하는 것 십 분의 일만 안젤리카한테 해도 안젤리카

200

가 지금보다 열 배는 행복할 거다. 니콜 여사가 이 집에 들어올 때도 아빠의 손버릇이 제일 걱정이었다. 집 안에서 누군가 맞는 건 더 이상 보고 싶지 않았다. 다행스럽게도 걱정하는 일은 일어나지 않았다. 그 이유를 알게 된 건 작년쯤이었다. 열린 방문 틈으로 아빠의 목소리가 들려왔다. 거실에서 친구와 통화를 하고 있었다. 잠시 아무 소리도 나지 않더니 곧 아빠의 목소리가 들려왔다. 지금도 생생한 그 목소리가.

"생각해 보면 곰같이 참기만 하던 그 여자의 묵묵부답에 무시당하는 것 같아 더 견딜 수가 없었나 봐. 니콜은 달라. 여우도 그런 여우가 없어. 말은 또 얼마나 녹는지. 여우랑은 살아도 곰하고는 못 산다더니, 그 말이 딱 맞다니까."

엄마가 맞고 산 이유는 그저 곰같이 참아서였다.

놀이터 구석에서 하얀 연기가 모락모락 올라왔다. 민재와 재윤이 녀석이 먼저 온 모양이다. 녀석들은 볼썽사납게 쭈그리고 앉아 주변을 살피며 담배를 태우고 있었다.

"똥 싸냐? 폼이 그게 뭐야?"

나는 담배에 불을 붙이며 녀석들을 내려다보았다.

"조심해야지. 누가 보고 신고하면 여기도 이제 오기 힘들어."

재윤이가 슬금슬금 눈치를 보더니 담배를 바닥에 비벼 껐다.

"하여튼 누가 반에서 꼴찌 아니랄까 봐 하는 짓 하고는. 어차피 보면 다 아는데 쭈그리고 앉아 있으면, 연기가 알아서 바닥으로 스미냐."

나는 한입 깊게 담배를 빨고는 공중에 힘껏 내뿜었다.

"그래, 네 말이 맞다. 까짓 폼이라도 나게 피워야지."

민재가 벌떡 일어나더니 연기를 신나게 뿜어 댔다.

"좀만 기다려 봐. 태준이 녀석이 미끼만 물면 이놈의 초라한 길빵은 그만해도 되니까."

나는 붕어처럼 입을 뻐끔거리며 연기로 동글동글한 도넛을 만들어 냈다.

"아이씨, 아까 말하는 거 보니까 안 넘어오겠던데."

"제까짓 게 별수 있어. 며칠 굶으면 생각이 달라질 거다."

재윤이의 걱정에 나는 비웃으며 대답했다.

"오늘은 뭐 하고 시간을 때우냐?"

민재가 심심한 듯 팔짱을 끼고 바람에 움직이는 그네를 바라보았다.

"클럽 어때?"

"어디?"

"홍대 앞에 새로 생긴 청소년 클럽 있는데, 물이 장난 아니래."

"그럼 오늘은 거기 가서 놀아 볼까?"

"오케이! 오랜만에 홍대 출동이다!"

나의 제안에 녀석들은 좋다고 따라나섰다. 하긴 싫다고 할 리가 없지. 어차피 돈은 내가 쓰니까. 우리는 택시를 잡아타고 바로 홍대로 출발했다. 평일이라 그런지 거리는 생각보다 한산했다.

"야, 아직 밝으니까 일단 뭐라도 좀 먹고 들어가자."

아이들을 데리고 근처에 있는 분식집으로 들어갔다. 이것저것 여러 개 시키기는 했는데 하나도 입에 맞는 게 없었다.

"왜 이렇게 맛이 없냐?"

나는 조금 먹다 젓가락을 내려놓으며 투덜거렸다. 민재와 재윤이는 이해가 안 가는 표정으로 나를 쳐다보았다.

"입에 쩍쩍 달라붙는구만."

"그러게, 맛만 있는데 뭐가 불만이야? 안 먹을 거면 나나 줘. 배하고 등하고 키스할 판이다."

민재가 내가 먹던 그릇을 잽싸게 자기 앞으로 가져갔다. 확실히 언제부턴가 밖에서 먹는 음식은 죄다 맛없기만 하다. 나는 입맛만 다시다 콜라를 시켜서 한 번에 벌컥거렸다. 다 먹고 나오니 밖이 어둑어둑했다. 클럽에 들어가니 생각보다 먼저 온 애들이 꽤 있었다. 색색의 현란한 조명이 아이들의 머리 위로 내리꽂혔다. 아이들은 음악에 맞춰 몸을 흔들며 춤을 추었다. 우리도 그 사이에 끼어 신나게 박자를 타기 시작했다.

"야, 오픈발 끝내준다. 여자애들 완전 제대론데."

재윤이가 옆에서 춤추는 애들을 보더니 입이 헤 벌어졌다.

"그러게! 다니던 데 중에 최고야. 여자애들 얼굴에 빛이 난다!"

민재도 덩달아 신이 나서 소리쳤다.

"뭐가 빛이 나. 스모키로 눈 화장 하고 광채 메이크업 했구면. 우리도 얼굴에 떡칠하면 저 정도는 돼."

나는 녀석들을 보고 킥킥 웃으며 얘기했다.

"전부터 느꼈지만 성민이 넌 저런 거 엄청 잘 알더라. 자기 얼굴엔 크림 하나 안 발라서 쩍쩍 갈라지는 녀석이. 희한하다니까."

민재의 말에 나는 있는 대로 인상을 구겼다.

"그럼 남자가 계집애들처럼 얼굴에 분칠이나 하고 다녀야 돼?"

순간 의자를 밀치며 재윤이가 민재의 옆구리를 쿡 찔렀다. 민재가 얼른 나에게 달라붙어 눈치를 살폈다.

"아아, 우리 성민이야 남자 중에 남자지. 무슨 소리야."

나는 그제야 굳은 표정을 풀며 콜라를 들이켜고 일어섰다.

"어쨌든 당분간은 여기로 출퇴근이다."

녀석들은 기분이 좋은지 따라 일어나며 엉덩이를 흔들었다. 온몸이 젖게 춤을 추다 보니 시간이 꽤 흐른 것 같았다. 벌써 밤 열한 시가 훌쩍 넘어 있었다. 집에 혼자 있을 안젤리카가 떠올랐다. 한번 떠오르니 춤을 춰도 흥이 나질 않고 자꾸 마음이 무거워졌다. 아까 기침하던 것도 마음에 걸렸다. 계집애, 혼자 밥이나 챙겨 먹었나? 아무래도 안 되겠다 싶어 친구들을 불렀다.

"야, 그만 집에 가자. 오늘은 그래야 할 거 같다."

재윤이도 민재도 실망한 눈빛이었다.

"간만에 신나는데 꼭 지금 가야 해?"

"내 말이!"

둘 다 춤추고 있는 여자애들을 힐끔거리며 내 눈치를 살폈다.

"그럼 나 먼저 갈 테니까 너희는 더 놀다 오든지."

나는 귀찮은 목소리로 핸드폰을 열어 한 번 더 시간을 봤다.
민재가 머리를 벅벅 긁으며 곤란한 듯 말했다.

"나 차비 없어."

"나도 개털이야."

재윤이도 주머니 속을 꺼내 털어 보이며 말했다. 나는 씁쓸
하게 웃으며 둘에게 만 원짜리를 쥐여 줬다.

"이거면 됐냐?"

녀석들의 얼굴이 언제 그랬냐는 듯 금세 밝아졌다.

"당연하지. 너 없는 동안 우리가 근사한 애들로 골라 꼬셔
놓을 테니까 걱정 말고 들어가."

택시를 타고 오는데 헛웃음이 나왔다. 안 하던 짓을 하면 궁
금해서라도 물어볼 텐데, 그런 건 안중에도 없이 그저 차비 걱
정이나 하다니. 하긴 내가 녀석들에게 뭘 기대하겠어.

차에서 내리니 찬바람이 목덜미를 움켜쥐고 흔들어 댔다.
나는 어깨를 움츠리고 고개를 올려 집을 쳐다보았다. 거실쪽
에 불이 켜져 있었다. 근처 편의점에 들러 안젤리카가 좋아하
는 머스터드 푸딩을 몇 개 사서 들고 계단을 올라갔다. 그러다
문득 장난기가 발동했다. 몰래 놀라게 해 줘야지 싶어 혹시라
도 몰라 비닐 소리가 나지 않게 푸딩을 꺼내서 주머니에 넣었

다. 그러고는 현관 앞으로 다가가 묵음이 되도록 번호 키를 누른 후 아주 조심스럽게 문을 열었다. 살금살금 발소리를 죽이고 복도를 걸어가는데 주방 쪽에서 소곤소곤 다정한 말소리가 들렸다.

"감기 때문에 큰일이다. 얼른 나아야 할 텐데. 이것도 좀 먹어 봐. 오다가 샀어. 우리나라에서 단팥죽 제일 맛있게 하는 집이래."

"엄마 이제 아무렇지도 않게 우리나라라고 하네."

안젤리카의 웃음 섞인 소리에 니콜 여사가 한숨을 내쉬었다.

"필리핀에서 태어났어도 한국에서 더 오래 살았는데, 이젠 한국 사람 해야지. 안젤리카 너도 여기서 낳았고."

새벽이라 그런지 니콜 여사의 목소리가 조금 허스키하게 가라앉아 있었다. 나랑 아빠한테는 있는 힘껏 간드러지는 콧소리를 내는데 안젤리카 앞에서는 저러는구나. 뭐 훨씬 듣기 좋네. 나는 들어가기도 머쓱해서 가만히 앉아 벽에 등을 기댔다.

"아빠랑 오빠 앞에선 눈치 보여서 잘해 주지 못하지만 엄마 마음 잘 알지?"

"알지, 난 괜찮아."

"조금만 더 고생하자. 오빠만 대학 들어가면 눈치도 덜 보일 거야."

뭔가 맥이 풀렸다. 일부러 그런 거였어? 그것도 모르고 니콜 여사가 안젤리카 구박만 하는 줄 알았네. 아무래도 지금 들어가면 셋 다 민망할 것 같았다. 나는 들어왔던 그대로 소리 나지 않게 밖으로 나갔다. 한참을 아무 곳이나 발 닿는 대로 걷다 핸드폰을 보니 새벽 두 시가 넘어 있었다. 지금쯤이면 니콜 여사도 안젤리카도 자고 있겠지? 나는 다시 집으로 걷기 시작했다. 가로등들이 허공에 박혀 어두운 골목길을 흐리게 밝혀 주었다. 아무도 없는 텅 빈 길 속에 내 발자국 소리만 툭툭 내던져졌다. 춥고 쓸쓸한 소리였다. 니콜 여사와 안젤리카의 목소리가 자꾸 떠올랐다. 따뜻한 소리였다. 나는 집까지 달리기 시작했다. 숨을 고르며 현관문을 열고 들어가니 집 안은 조용했다. 안방도, 안젤리카 방도 불이 꺼진 채 아무 소리도 들리지 않았다. 배가 고팠다. 주방으로 가 냉장고 문을 열자 번개같이 안방 문이 열리며 니콜 여사가 달려 나왔다.

"어머, 우리 장남 왔어. 오늘은 일찍 들어왔네."

실크 잠옷을 하늘거리며 니콜 여사가 미소 짓고 있었다.

"아니, 안젤리카 얘는 오빠가 들어왔는데, 잠만 자고 있는 거야? 앞으로 우리 집을 이끌 기둥이 왔는데 와서 인사라도 하고 들어가야지."

니콜 여사가 큰 소리로 안젤리카를 부르기 시작했다. 조금
있자 안젤리카가 쪼르르 달려 나와 나를 보더니 꾸뻑 인사를
했다.

"뭘 자는 애까지 깨우고 그래요?"

나는 식탁에 앉아 투덜거렸다.

"무슨 소리야. 지금 아빠도 병원에 계시고 집에 어른은 우리
장남뿐이잖아. 이때까지 안 그랬으면 앞으로라도 그래야지. 하
는 게 뭐 있다고."

니콜 여사가 안젤리카에게 들어가라며 손짓을 했다. 안젤리
카가 다시 나를 보고 인사를 하더니 조용히 자기 방으로 들어
갔다. 아까 둘이 나누던 이야기를 생각하니 괜히 웃기기도 하
고 얄미운 생각도 들었지만 모른 척했다.

"배고픈데 뭐 먹을 거 없어요?"

"뭐 먹고 싶어? 말만 해."

니콜 여사의 빨간 입술이 쌕쌕 웃으며 이야기했다.

"라면이나 하나 끓여 주세요."

나는 물을 벌컥거리며 얘기했다.

"라면은 무슨 라면이야. 장남 좋아하는 김치찌개 해 줄게, 조

금만 기다려. 금방 얼큰하게 끓여 줄게. 방에 가서 게임이라도 하고 있어. 다 되면 부를게."

방으로 가는데 문득 주머니에 넣어 둔 푸딩이 생각났다. 나는 안젤리카 방문을 열고 살며시 들어갔다. 안젤리카는 침대에 앉아 있었다. 나는 푸딩을 꺼내 안젤리카에게 건넸다.

"야, 이거 먹어. 아까 편의점 들렀다가 원 플러스 원이라 샀다."

안젤리카가 눈이 동그래지더니 나를 말똥말똥 쳐다보았다.

"내가 다 먹어도 돼?"

안젤리카의 입가에 커다란 미소가 머금어졌다.

"응. 너 혼자 다 먹어. 힘들지?"

나는 침대에 걸터앉아 안젤리카에게 물었다.

"응? 뭐가?"

안젤리카가 머리를 갸웃거리며 나를 쳐다보았다. 내 눈치 보며 너도 엄마도 연극하지 않아도 된다고 말하고 싶었지만 그냥 딴 이야기를 했다.

"감기 때문에 힘들지 않냐고."

그제야 안젤리카가 헤헤 웃으며 푸딩을 꼭 껴안았다.

"뭐 매일 비슷하지. 이제 따뜻해지면 나을 거야."

그런 안젤리카를 물끄러미 보다가 일어서서 방을 나섰다. 그 때였다.

"오빠."

조금 다급한 목소리였다.

"왜?"

돌아보니 안젤리카가 곤란한 얼굴로 한참을 머뭇거리며 용기를 낸 듯 입을 열었다.

"푸딩, 고마워."

그러고는 부끄러운 듯 껴안고 있던 푸딩을 내려놓고는 마치 고양이같이 이불을 뒤집어쓰고 숨어 버렸다. 나도 모르게 미소가 지어졌다. 안젤리카는 정말 미워할 수가 없구나.

"장남! 밥 먹어!"

주방에서 니콜 여사가 부르는 소리에 식탁으로 가 앉았다. 맛있는 찌개 냄새에 저절로 입에 침이 고였다.

"이거 먹어 봐! 참치 대신 돼지고기 숭숭 썰어 넣었더니, 아주 그냥 국물이 끝내줘."

니콜 여사는 보글보글 끓는 김치찌개를 냄비째 내놓았다. 낮부터 제대로 못 먹어서 그런지 매콤한 국물이 시원하게 넘어갔다. 니콜 여사가 해 주는 건 확실히 다르다. 이렇게 맛있으니

바깥에서 먹는 게 맛이 없을 수밖에. 앉은자리에서 밥 두 그릇을 뚝딱 해치웠다.

날도 밝기 전에 속이 더부룩해서 잠에서 깼다. 배부르게 먹고 소화도 안 시키고 그냥 자서 그런 것 같았다. 화장실이 가고 싶었지만 귀찮아서 이불 속에 누워 있었다. 한숨 더 자려고 하는데 오줌보가 터질 것 같았다. 화장실로 나가는데 니콜 여사가 벌써 일어났는지 음식 냄새가 흘러들어 와 코를 찔렀다. 오늘도 칠 단으로 음식을 싸서 아빠에게 가겠지. 나는 피식 웃으며 주방 쪽에서 고개를 돌렸다. 화장실로 가 씻는 둥 마는 둥 하고 가방을 멨다. 밥을 먹고 가라고 매달리는 니콜 여사를 뿌리치고는 집을 나섰다. 학교로 가려다 문득 아빠 생각에 택시를 잡아타고 병원으로 향했다. 특별히 보고 싶은 건 아니었다. 그냥 무슨 말이든 나누고 싶었다. 화장실이 딸려 있는 일인실이라 그런지 아빠는 여유 있게 앉아서 텔레비전을 보고 있었다.

"아빠!"

나를 보자 아빠는 반가운 듯 얼굴이 환해졌다.

"세상에서 제일 남자다운 우리 장남이 학교는 안 가고 웬일이야?"

아빠는 나를 부를 때 세상에서 제일 남자답다는 말을 꼭 붙인다. 갑자기 목이 텁텁해졌다.

"그냥, 아빠 어떤가 싶어서 들렀어."

걱정스런 내 목소리에 아빠는 감격이라도 한 듯 눈시울이 빨개졌다.

"하긴 학교 하루 빠진다고 별일 있겠냐. 그래도 나 생각해 주는 건 우리 아들밖에 없네."

"왜, 니콜 여사가 나보다 열 배는 생각해 주잖아."

아빠는 그 말이 싫지 않은 듯 허허 웃었다.

"에그, 이놈아 니콜 여사가 뭐야, 이제 엄마라고 할 때도 됐다. 네 새엄마 같은 여자 없다. 배 아파 낳은 딸보다 너를 더 생각해 주지 않냐."

나는 어젯밤 일이 생각나 쓴웃음을 지으며 침대 앞에 놓인 의자에 앉아서 가방을 내려놓았다.

"하여간 입만 열면 그 소리지. 어제도 음식 잔뜩 하던데, 그거 다 아빠가 먹었어?"

나는 슬쩍 아빠의 눈치를 살피며 이야기를 건넸다.

"말도 마라. 아프면 고기를 먹어야 힘이 난다고, 그 많은 걸 다 먹을 때까지 옆에서 지키고 앉아 있었다. 그것도 간호사가 알면 난리를 치니까 아주 숨어서 몰래몰래 먹이더라니까."

아빠는 고개를 절레절레 흔들면서도 좋은지 자꾸 웃었다.

"병원에 걸리면 혼나겠네."

"해 오는 걸 안 먹을 수도 없고, 하긴 맛있긴 또 얼마나 맛있
냐. 네 엄마 손맛 본 후로는 바깥 음식은 영 별로라니까."

아빠와 이야기를 나눠도 마음이 답답했다. 어젯밤의 니콜 여
사와 안젤리카처럼은 아니더라도 조금은 마음이 채워질 줄 알
았는데 뭔가가 속에서 터질 것만 같았다. 조금 더 있다가는 나
를 낳아 준 엄마를 왜 때렸냐고 따질 것 같았다. 가방을 들고는
벌떡 일어났다. 아빠는 놀라서 갑자기 왜 가냐고 물었지만 나
는 학교 때문에 그런다고 둘러대며 병실을 나갔다. 일 교시가
끝나고 학교에 도착했지만 담임은 관심도 없었다. 수업 시간
내내 마음이 불편했다. 녹슬어 고장 난 기계처럼 이제 얼굴도
잊어버린 엄마만 떠올랐다.

드디어 태준이에게서 전화가 왔다. 게임방도 찜질방도 질려
가던 터라 전화를 받고는 나도 모르게 환호가 터져 나왔다.

"오우! 태준이! 드디어 우리와 동맹을 맺기로 했군."

나는 답답했던 생각들도 다 잊고 신이 나서 주머니에 손을

넣고는 콧노래를 불렀다. 민재와 재윤이도 신이 나서 떠들어 댔다. 태준이네 집은 집이라 그러기도 민망한 조그만 한 칸짜리 방이었다. 가스랑 전기가 끊겨서 처음 갔을 때는 가관도 아니었지만 그나마 돈 주고 그거라도 연결시켜 놓으니 들어가 앉아 있을 만은 했다. 태준이 녀석은 내가 주는 돈에 감지덕지한 듯 시키는 건 뭐든지 해 줬다. 집도 청소해 놓고 라면도 곧잘 끓여다 바쳤다. 집에는 거의 들어가지 않았다. 그게 속이 편했다. 태준이네에 누워서 뒹굴거리다가 문득 안젤리카 생각이 났다. 감기도 다 나았는지 걱정이 되었다. 하긴 니콜 여사가 알아서 어련히 잘 챙겨 주겠지. 집엔 가고 싶지 않았다. 그런데 이상하게 몸을 뒤척거려도 생각이 지워지지 않았다. 애써 딴생각을 해 봐도 소용없었다. 정말 집엔 가고 싶지 않은데 희한했다. 안 되겠다 싶어 벌떡 일어나 푸딩을 몇 개 사서 집으로 들어갔다. 안젤리카는 날 보자마자 쪼르르 달려 나와 환하게 웃으며 반겼다.

"니콜 여사는?"

"병원 갔지. 오빠 요즘 왜 이렇게 얼굴 보기가 힘들어."

"내 얼굴 봐서 뭐 해. 잘생긴 것도 아니고 돈이 나오는 것도 아닌데."

나는 안젤리카에게 푸딩을 던져 주며 픽 웃었다.

"그래도 가족이잖아. 오빠 얼굴인데 못생기면 어떻고 돈이
안 나오면 어때."

안젤리카가 혀를 내밀고는 샐쭉 웃었다.

"내가 가족이긴 해?"

그런 안젤리카를 보며 무표정하게 물었다. 안젤리카는 갑자
기 미안한 얼굴이 되더니 양 볼이 빨개졌다.

"내 주제에 오빠한테 쓸데없는 말 해서 미안해."

"네 주제가 어떤데?"

나는 미안해하는 안젤리카의 얼굴을 빤히 들여다보았다. 지
금 나에게 하는 말이 진심인지, 진심으로 궁금했기 때문이다.

"곰같이 둔하고, 도움도 안 되고, 별 볼 일 없으면서 얹혀살
잖아."

안젤리카의 볼이 더욱 빨개지더니 어쩔 줄 몰라 했다. 곰이
라는 말이 가슴 한쪽을 눌렀다.

"가족이라며, 가족인데 그런 게 무슨 상관이야."

나는 일부러 모른 척하며 집요하게 안젤리카에게서 눈을 떼
지 않았다.

"아니, 내가 가족이라고 하니까 오빠가 싫어하는 거 같아

서."

"내가 언제 싫다고 했어? 다시 물어볼게. 내가 가족이긴 한
거냐?"

안젤리카가 눈물이 그렁그렁한 눈동자로 나를 쳐다보며 고
개를 끄덕거렸다. 대답보다도 더 확실한 대답이었다.

"그럼 다른 집 동생들처럼 내가 뭐라고 해도 미안해하고 그
러지 마."

나는 웃으며 안젤리카 머리를 쓱쓱 쓰다듬었다. 마음이 조금
은 차오르는 느낌이었다.

이유는 모르겠다. 그 둘이 싫은 것도 절대 아니다. 오히려 전
에는 니콜 여사가 이해가 안 됐는데 지금은 오해도 풀렸다. 어
른이면서도 내 눈치를 봐야 하는 게 안돼 보이기도 했다. 하지
만 니콜 여사와 안젤리카의 대화를 들은 그날 이후로 집에 들
어가고 싶지 않았다. 태준이네 집에서 살다시피 했다. 그게 편
했다. 하루하루 이렇게 별 볼 일 없이 흐르다 늙어 버리면 좋겠
다는 생각이 들었다.

"짠짜잔. 기대하시라. 전에 너 클럽에서 먼저 집에 갔잖아.
그날 꼬신 애들을 드디어 만나기로 했다는 거 아니겠어. 우리

아지트를 알려 주니 솔깃한가 보더라."

재윤이가 실실 웃으며 내 자리로 다가왔다. 마치 먹이를 물어 온 사냥개가 칭찬받길 기다리는 모습 같았다.

"작업하느라고 고생 좀 했다. 오늘 한번 제대로 놀아 보자고."

민재도 신이 나서 소리쳤다.

"그럼 오늘 슈퍼 좀 쓸어 와야겠네."

나는 그런 녀석들을 보며 맞장구를 쳐 주었다. 사실 난 여자애들은 관심도 없다. 아니 더 솔직히 말하자면 민재나 재윤이랑 노는 게 별로 재미있지도 않다. 뭐 그게 대수인가. 어쨌든 대충 하루를 넘기면 되는 거 아닌가. 우리는 학교가 끝나자마자 여자애들을 만나 집에 들렀다. 여자애들은 넓은 건물의 일이 층을 다 쓰고 있는 우리 슈퍼를 보더니 마치 자기네 거라도 되는 양 좋아서 헤죽거렸다. 우리는 양손 가득 먹을 것을 챙겨 태준이네로 갔다. 태준이는 내 뒤에 서 있는 여자애들을 보자마자 얼굴을 찡그리며 싫은 티를 냈다. 나는 일부러 못 본 척하고는 비닐봉지를 녀석에게 안기며 먹을 거나 해 오라고 했다. 벽에 기대앉은 여자애들이 조금씩 흐트러지면서 민재와 재윤이의 얼굴은 점점 더 밝아졌다. 나는 될 대로 되라는 마음이 들었다. 비틀거리며 일어나 부엌에 있는 태준이에게 갔다. 그러고는 주머니를 뒤져 돈을 건네며 좀 나갔다 오라고 했다. 그런데 녀석이 화를 내며 나보고 나가라고 으름장을 놓았다.

"빌빌거리는 거 구해 주니까 지랄이네. 엄마한테도 버림받은 주제에."

나는 흐느적거리며 태준이에게 주먹을 날렸다. 사실 그건 나한테 하고 싶은 소리였다. 태준이가 내 주먹을 맞받아쳤다.

"네가 우리 엄마를 뭘 안다고 지랄이야! 돈만 있으면 사람이냐! 우리 엄마가 얼마나, 얼마나……."

녀석이 내 몸을 쥐어뜯으며 울부짖었다. 그래, 버렸어도 엄마는 엄마지. 순간 태준이의 욕이 시원하게 느껴졌다, 맞으면 맞을수록 머리가 맑아졌다. 맞다. 도망간 사람은 도망간 이유가 있는 거다. 우리 엄마도, 태준이 엄마도. 그럼 내 옆에 있는 건 누구지? 안젤리카의 얼굴이 떠올랐다. 나를 가족이라고 불러 주는 안젤리카! 민재와 재윤이가 나와서 우리를 뜯어말렸다. 엉겨 붙어 싸우던 태준이가 부은 얼굴을 문지르며 자기가 돌아올 때까지 꺼지라고 소리치고는 밖으로 나갔다. 어른인 척 괜찮은 척 굴어도 태준이 역시 아직 아이였다. 녀석이 자기 엄마 추리닝을 껴안고 있는 것을 몇 번이나 봤다. 녀석은 기억도 못 하겠지만 술만 취하면 제 엄마 이불이나 추리닝을 껴안고 있다가 잘 개어서 장롱 안에 보물처럼 집어넣었다. 재미가 깨져 버렸다. 형광등 아래 화장이 지워져서 번들거리는 여자애들이 히죽거리며 나를 쳐다보았다. 재윤이와 민재는 곤란한 얼굴로 내 말만 기다리고 있었다.

"집에나 가자."

나는 녀석들에게 말했다.

"그냥 개기면 안 될까?"

재윤이가 서운한 듯이 물었다.

"경찰 부른다잖아. 이제 여기도 못 오겠다."

민재가 투덜거리며 술병을 발로 찼다. 이젠 갈 곳도 없었다. 내 눈만 가리면 다 괜찮아지는 것 같았는데 그것도 끝이다. 이제 뭘 어떻게 해야 할까? 일단 편의점에 들러 푸딩이나 몇 개 살까?

푸딩이 든 봉지를 들고 문을 열자 집 안은 고요만 가득했다. 불을 켜고 들어가 둘러보니 아무도 없었다. 아무래도 니콜 여사랑 안젤리카 둘 다 병원에 간 거 같았다.

"충신이 따로 없네."

김샌 소리를 내며 거실에 잠깐 앉아 있다 안방으로 들어갔다. 혹시 니콜 여사가 돈이라도 놔뒀으면 들고 찜질방이나 갈까 싶었다. 이렇게 아무도 없을 때 안방을 뒤지는 건 처음이지만 뭐 상관있나. 하지만 아무리 찾아도 화장대나 장에 돈은 없었다. 대신 여사의 화장품들과 옷들만 가득했다. 은은한 향수 냄새도 코에 맴돌았다. 마음이 조금씩 설레기 시작했다. 고개를 절레절레 흔들며 나가려 했지만 발이 떨어지지 않았다. 나도 모르게 주위를 두리번거렸다. 그러고는 조심스레 장 안을 살폈다. 남국의 꽃처럼 화려한 색의 옷들이 줄줄이 걸려 있었다. 가만히 팔을 들어 옷으로 손을 뻗었다. 원피스 몇 벌을 꺼내서 몸에 대보았다. 키가 큰 니콜 여사의 옷들은 나에게도 얼추 맞을 거 같았다. 나는 주섬주섬 입고 있던 옷을 벗고 원피스를 껴입기 시작했다. 조금 빡빡했지만 등에 있는 지퍼를 올리고 나니 딱 맞춘 듯이 옷이 달라붙었다. 손바닥으로 팔을 쓸어내려 보았다. 물이 손안에 흐르는 것처럼 부드러웠다. 다시 한번 주위를 둘러보고는 화장대에 앉았다. 기분 좋은 긴장으로 손끝이 떨렸다. 화장대에는 지금 나에게 필요한 모든 게 다 있었다. 립스틱, 파운데이션, 마스카라……. 나는 홀린 듯이 화장을 하기 시작했다. 파운데이션을 바르고 눈썹을 그린 후 마스

카라로 속눈썹을 올렸다. 마치 매일매일 화장을 한 사람처럼 손도 마음도 편했다. 옅은 복숭앗빛 볼터치를 한 후에 살구색 립스틱을 입술 위에 조심스레 발랐다. 그러고는 일어나 전신 거울 앞으로 다가갔다. 순간 놀라서 한 걸음 뒤로 물러섰다. 거울 속에는 그리운 얼굴이 나를 보고 있었다. 얼굴도 잘 생각나지 않는 엄마의 모습이었다. 다시 거울에 바싹 다가가 들여다봤다. 속 쌍꺼풀에 살짝 나온 광대가 잊고 있던 엄마를 떠오르게 한 거였다. 난 정말 엄마를 닮았구나 생각하는데 갑자기 등에 식은땀이 나기 시작했다. 손끝이 저리며 머리가 깨질 것 같았다. 비틀비틀 화장대에 앉아 티슈를 한 장 뽑아 이마를 닦았다. 그때였다. 깨진 거울 조각 같은 장면이 떠올랐다.

"네가 문제야. 널 닮아서 애가 이상한 거라고. 성민이가 얼마나 귀한 장손인데, 네가 망치게 둘 줄 알아."

아빠는 소리를 지르며 엄마를 때리기 시작했다.

"왜 다 내 탓을 해요. 당신 피도 반인데."

아빠의 발길질을 피하며 엄마가 소리를 지르자 아빠는 폭발할 거 같은 얼굴로 화장대 위를 쓸어 내 버렸다.

"생긴 거 봐. 너랑 똑 닮았잖아. 우리 집에는 이런 이상한 취미 가진 사람 없어. 다 네 피가 섞여서 그래!"

화장품을 집어 던지는 아빠를 보며 나는 벌벌 떨었다. 아빠는 씩씩거리며 내 어깨를 잡더니 거울 앞으로 밀어붙였다. 거울 속에는 엄마 치마를 입고 서툰 손으로 얼룩덜룩하게 화장을 한 내가 울고 있었다.

"성민이 너 또 화장할 거야, 안 할 거야? 아빠 쓰러지는 꼴 보고 싶어서 그래! 치마 입을 거야, 안 입을 거야? 얼른 대답해!"

아빠가 어깨를 흔들며 소리쳤지만 나는 아무 말도 못 하고 울기만 했다.

"애가 호기심을 가질 수도 있지. 뭘 그래요! 크면 다 괜찮아진다고요!"

엄마가 있는 대로 악을 쓰자 아빠는 분에 못 이겨 엄마의 머리채를 잡아당겨 집어 던졌다. 화장대 모서리에 긁힌 엄마의 머리가 찢어져 피가 흘렀다. 나는 기어가 아빠의 바짓단에 매달려 울면서 애원했다.

"안 할게, 안 할게요. 다시는 치마 안 입을게. 엄마 때리지 마. 때리지 마."

아빠는 짐승처럼 울부짖더니 밖으로 나가 버렸다. 엄마는 흐르는 피를 손으로 닦으며 나에게 다가왔다. 나는 엄마에게 안겨 계속 미안하다는 말만 반복했다. 엄마는 그런 나를 원망스럽게 쳐다봤다.

"성민아, 이제 엄마 화장품 갖고 화장하면 안 돼. 치마도 입지 마. 그러다 엄마 아빠한테 맞아 죽을지도 몰라."

그날 이후로 절대 화장을 하지도 치마를 입지도 않았다. 더 욕을 하고, 더 거칠게 굴었다. 그래도 아빠는 엄마를 계속 때렸지만 말이다. 까맣게 잊고 있던 일이다. 어떻게 이런 일을 잊고 있었지. 엄마가 집을 나가고 심리 치료를 오랫동안 다녔었다. 너무 잊고 싶은 일은 떠올리지 말라고 선생님이 그랬는데 어쩌면 그 이유 때문인지도 모르겠다. 한 번 떠오르니 깨진 조각들이 맞춰지기 시작했다. 이때까지 내가 참아 온 것들이 나를 쓰나미처럼 덮쳤다. 내가 거칠게 굴수록 남자답다면서 싫어하지 않던 아빠였다. 나는 좋지도 않으면서 마치 나를 보호하려는 듯 점점 더 심하게 굴었다. 그래서 내 매일매일은 그렇게 지루하고 재미가 없었던 거다. 다시 한번 거울 속 나를 봤다. 조금 불안했지만 싫지 않았다. 현관문이 열리는 소리가 들렸다. 순간 당황해서 얼른 옷을 벗으려다 멈췄다. 내가 왜 그래야 하는지 이해할 수 없었다. 잠시 머뭇거리다 그 모습 그대로 안방을 나섰다. 거실로 들어오던 니콜 여사와 안젤리카가 나를 보고는 놀랐는지 그대로 멈춰 섰다. 하긴 나 같아도 놀랐을 거다. 남자가 화장에 원피스라니 얼마나 도깨비 같겠어. 나는 일부러 한 바퀴 돌아 보였다.

"어때, 어울려?"

아무렇지도 않게 묻는 나를 보더니 안젤리카가 가만히 있다가 살며시 엄지손가락을 쭉 펴 보였다.

"오빠 정말 예뻐!"

"저, 정말?"

아무렇지도 않게 대답하는 걸 보니 내가 더 더듬거려졌다.

"정말 예뻐! 완전 잘 어울려!"

환하게 웃는 안젤리카를 보니 보이지 않게 묶여 있던 끈이 '툭' 끊어지는 기분이었다. 나를 옭아매던 무언가가 사라진 것 같았다.

"그러게, 장남이 아니라 장녀 같아! 혹시 학교에서 연극이라도 해?"

니콜 여사도 엄지를 치켜올려 주었다. 하긴 다른 애들은 연극이라도 해야 이런 꼴을 하겠지. 나도 모르게 화가 치밀어 올랐다.

"무슨 연극을 하겠어요. 사실은 이렇게 화장하고 치마 입는 거 좋아해요. 아주 어릴 때부터요. 이거 아빠가 알면 난리 나요. 나를 낳아 준 엄마도 내가 몰래 화장품 바르고 치마 입는 거 때문에 아빠한테 머리가 깨지도록 두들겨 맞았어요. 그런데도 잘 어울려요? 그런 말 했다가는 니콜 여사도 아빠한테 쫓겨날지 몰라요."

니콜 여사의 표정이 어두워졌다. 안젤리카도 금방 울 것 같은 얼굴이 되었다. 역시 그럴 줄 알았다. 나는 한층 더 비꼬며 될 대로 되라는 식으로 이야기 했다.

"아빠한테 잘 보이려고 일부러 아빠랑 나 보는 앞에선 안젤리카한테 막 하는 것도 알아요. 그렇게까지 해서 이 집에 있고 싶은 거잖아요. 하긴 우리 집은 부자니까 얼마나 좋아요. 내가 이런 꼴인 걸 알면서도 모른 척하면 끝장이에요. 얼른 아빠한테 가서 일러요. 그래야 아빠가 쫓아내지 않을걸요?"

마구 쏟아부으면 시원할 줄 알았는데, 속은 점점 더 끓어올랐다. 그런 나를 니콜 여사가 슬픈 눈으로 한참을 쳐다봤다. 나는 괜히 더 심술이 나서 그런 여사한테 다가가 싫은 소리를 더 해 댔다.

"나 같은 오빠가 있으면 안젤리카한테도 안 좋아요. 가뜩이나 문제아로 유명한데 거기에 여장까지 한다고 소문나 봐요. 얼굴색 검다고 수군거리고 나 때문에 수군거리고 안젤리카는 학교 다니기도 힘들 거예요. 돈이 좋아서 우리 집 왔으면 돈만 생각해요."

뭐라고 지껄이는 건지도 모르겠다. 아무 말이나 막 내뱉는데 니콜 여사가 가만히 다가와 아무 말 없이 나를 안았다. 나는 깜짝 놀라 그런 여사를 밀쳐 냈다.

"미쳤어요! 징그럽게 왜 이래!"

그런 나를 니콜 여사는 더 세게 아무 말 없이 껴안았다. 빠져나오려 몸부림쳤지만 너무 세게 껴안아서인지 꼼짝도 할 수 없었다.

"성민아. 괜찮아. 원피스 입어도 화장해도 엄마는 괜찮아."

순간 몸에 힘이 쭉 빠졌다. 처음이었다. 니콜 여사가 자기 입으로 엄마라고 한 건. 나는 갑자기 아기처럼 울음이 터졌다.

"그래, 네 말이 맞아. 엄마는 돈이 좋아. 하지만 그것 때문에만 결혼한 거 아냐. 사람이 돈만 갖고는 못 살아. 아빠도 너도 내 가족이야. 내가 다 지킬 거야."

니콜 여사의 말에 안젤리카도 가만히 다가와 우리를 껴안았다. 니콜 여사가 나를 껴안고 안젤리카는 우리를 껴안고……
꼭 다정한 양배추 같았다. 얼마쯤 지났을까 마음이 가라앉고
조금 어색해진 우리는 슬쩍 팔을 풀었다. 니콜 여사가 장난스
럽게 입을 열었다.

"그런데 장남, 나도 능력 있어. 나 식당 엄청 크게 했었어. 음
식 맛이 끝내줬거든."

이 와중에 웃음이 나왔다. 울다가 웃다가, 눈물을 훔치며 물
었다.

"돈이 다가 아니면 아빠가 뭐가 좋아서 결혼했어요?"

문득 궁금해서 물었다. 니콜 여사는 잠시 조용히 미소 지었
다. 조금 슬프면서도 아름다운 미소였다.

"불쌍해서 좋았어. 돈도 많은 사람이 이상하게 내 눈치를 계
속 보다가 그러다가 막 잘난 척하고, 큰소리치고 그게 안돼 보
였어. 나도 한국 살면서 남한테 무시 안 당하려고 큰소리도 치
다가 눈치도 보다가 그랬거든. 그래서 이해가 갔어."

"그럼 내 앞에서 안젤리카한테는 왜 그런 거예요."

니콜 여사가 손가락으로 나를 가리키더니 미소를 지었다.

"장남 때문이지. 아빠가 오죽 걱정을 했어야지. 엄마 사랑을
못 받고 커서 불쌍하다고 얼마나 이야기를 하던지 말도 마. 혹

시라도 내가 안젤리카한테 잘하면 상처받을까 봐 일단은 아들 마음에 좀 들어 보려고 안젤리카랑 의논해서 그렇게 하기로 한 거야. 그래서 잘되던 가게도 닫았고. 장남한테 관심을 잔뜩 쏟으면 금방 좋아질 줄 알았는데 삼 년이 넘게 걸릴 줄은 몰랐지."

뭔가 대단한 비밀이라도 있는 줄 알았는데 허탈했다.

"아빠한테는 말할 거예요?"

내가 조심스럽게 묻자 니콜 여사가 잠시 고개를 갸웃거리다 대답했다.

"언젠가는 말해야지. 물론 나 말고 장남이 직접. 그때까지는 일단 우리 셋이 머리를 맞대고 고민을 좀 해 보자!"

무조건 내 편을 들어줬으면 안 믿었을지 모른다. 하지만 니콜 여사는 솔직하게 지금 할 수 있는 최선을 이야기해 줬다. 나를 부끄러워하지 않았다. 이상하게 보지도 않았다. 그걸로 충분했다. 엄마 말대로 그건 일단 우리 셋이 머리를 맞대고 고민하면 어떻게든 될 게 분명했다.

가족,

가슴을 내어 주고 가슴으로 품는……

새벽 내내 눈이 내렸다. 한참을 문 앞에 서서 내리는 눈을 보
았다. 눈이란 참 알 수 없다. 추워야 내리면서도 어쩌면 이렇게
세상을 포근하게 껴안을까? 문득 아무리 차가운 눈이라도 그
품을 내어서 세상을 껴안으니 따뜻해 보일지도 모른다는 생각
이 들었다. 안는다는 건 참 따뜻한 일이다. 내 가슴을 내어 주
고 다른 가슴을 품기 때문이다. 힘들고 지칠 때 좋아하는 뭔가
를 꼬옥 껴안고 있으면 견딜 수 있다. 가끔 품에 안을 수 있는
것들을 생각해 본다. 혈연으로 맺어진 가족, 평생 함께 가는 친

구, 반려동물…… 가슴을 내어 주고 가슴으로 품는 게 꼭 사람이어야 할 이유는 없다. 품에 안을 수 있는 존재라면 그것이 무엇이든 '가족'이 될 수 있지 않을까? 가족에 대한 이야기들을 써내며 나의 마음은 그랬다.

2019년 여름 신지영

전생부터
가족

ⓒ 신지영, 2019

초판 1쇄 발행 2019년 7월 22일
초판 3쇄 발행 2020년 11월 16일

지은이 신지영
펴낸이 김혜선   펴낸곳 서유재   등록 제2015-000217호
주소 (우)04034 서울 마포구 잔다리로7길 18(서교동 377-20) 504호
전화 070-5135-1866   팩스 0505-116-1866   대표메일 outdoorlamp@hanmail.net
종이 엔페이퍼   인쇄 성광인쇄

ISBN 979-11-89034-14-6 43810

이 도서는 아르코문학창작기금 지원사업에 선정되어 발간된 작품입니다.

이 도서의 국립중앙도서관 출판예정도서목록(CIP)은 서지정보유통지원시스템 홈페이지(http://seoji.nl.go.kr)와
국가자료공동목록시스템(http://www.nl.go.kr/kolisnet)에서 이용하실 수 있습니다.
(CIP제어번호: CIP2019022338)